10pt
ベーコン
ベーコン
3Pack
10pt
そうして、だいたいの水が蒸発したタイミングで蓋を取れば――
『うん！　おいしそう！』
――できたてのベーコンエッグ！
5pt
Salt
スキル『台所召喚』はすごい！
異世界でごはん作ってポイントためます

「私はこの異世界で楽しく生きていく！」
小井椎奈《いさらい・しいな》
スキル：台所召喚
巻き込まれ召喚されてしまった平凡なOL。
「笑顔が見れて、良かった」
ヴォルヴィ・ハスト
スキル：研磨
椎奈の護衛をしている騎士。
通称：イケメンシロクマ。
「アッシュ様と呼べ！」
アシュクロード・フェリメハグリシュヌ・ランギオーリンズ
王宮の警備隊所属の騎士。

「僕はね、
——みんなの弟なんだ」
レリィグラン・サージ
スキル：炎魔法
椎奈が出会った美少年。
「聖女様に近づけるな」
スラスター・サージ
次期宰相。
レリィの兄で超絶ブラコン。
「ここは日本じゃない。私のいた世界じゃない」
しずく
スキル：聖魔法、魔力∞、幸運、神の愛し子
聖女として召喚された女子高生。

「私はイサライ様を守り、その心に添えるよう努力いたします」
なんという騎士感……！
そんな騎士っぽい仕草で、騎士っぽいことを言い、
騎士っぽい視線を向けられると、
なんというかもう、騎士だよね。騎士だからね。

スキル『台所召喚』はすごい！

異世界でごはん作ってポイントためます

しっぽタヌキ
AUTHOR SHIPPOTANUKI
紫藤むらさき
ILLUST MURASAKI SHIDO

口絵・本文イラスト
紫藤むらさき

装丁
百足屋ユウコ＋モンマ蚕（ムシカゴグラフィクス）

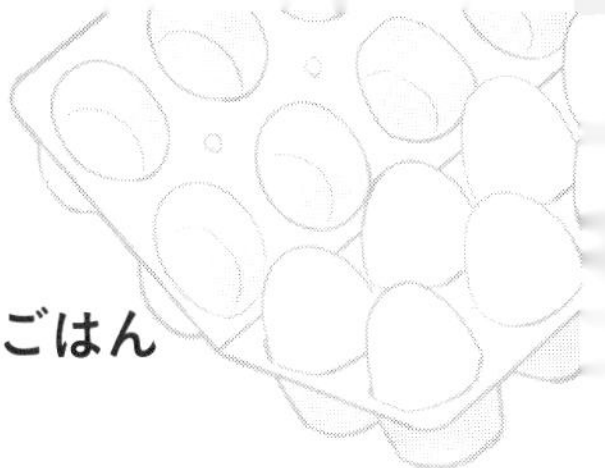

Salt

お通し　一日がんばれる気がする朝ごはん

疲れた。本当に疲れた。

普通に生きて、普通に仕事してるだけだけど、なんかもうめんどくさい。

『今日のあなたはダメだね』

上司のからかい交じりの。でも、明らかにこちらを傷つけようと意図して発された言葉。

そんなのよくあることだから、いつも通りに適当な謝罪とノリと笑顔でかわしてきた。でも、そうしてヘラヘラしながらも、心がいやだって言っている。

『あなたはダメ』ってなんだ。どんな私ならいいんだ。というか、私であればなんでもダメなのか。

そうか。

……うん。疲れた。

仕事終わり。夜空を見上げて、はぁと息を吐く。

「おいしいごはんが食べたい……」

一人歩く夜道にボソリと私の声が響いた。

べつに高いものじゃなくていい。いつも通りのおいしいやつ。

四枚入りが一パックになってて、それが三つまとめてテープでくっついている薄っぺらいベーコン。それをカリカリに焼いて、卵を割り入れる。そして、少しだけ水を入れて、すばやく蓋《ふた》。ジュジュッと水の弾ける音を聞きながら、二分蒸し焼きにすれば、半熟ベーコンエッグの完成だ。

「クロワッサンも食べたいな」

カリカリベーコンにとろっと黄身が崩れる目玉焼き。それにトースターで少しだけ温めたクロワッサンをつければ、明日一日がんばれる気がする。

――ごはんってすごい。おいしいものを思い浮かべれば、心が持ち上がっていく。

「よし！」

そうと決まれば、まずはスーパー！

今の時間ならスーパーに併設しているパン屋さんも開いているから、クロワッサンも買えるはず。夜ごはんを作るのはめんどくさいから、値引きされた惣菜《そうざい》でも買えばいいや。

夜はそんなものでいい。大丈夫、明日の朝はおいしい朝ごはんが待ってるから！

一人暮らしを始めてから、ごはんを作るのが趣味になった。なんてことないＯＬの趣味の一つだけど、台所用品を集めるのも楽しいし、こうしておいしいものにたくさん助けられてきたのだ。

スーパーまでは徒歩五分。でも、無駄にテンションを上げて、ダッと走り始める。そこの角を曲がればすぐだから、パンプスでだっていける！

こうしてテンションの上がった私は、まったく周りを見ていなくて……。

「……っ、えぇ⁉」

気づいたときにはもう遅い。曲がり角には女子高生が黒目がちな目を大きく開けて私を見ていた。

――ぶつかるっ！

女子高生の体に覆いかぶさるように倒れていく。すると、なぜか辺り一面が真っ白に輝いて――

「え、あ？　……えぇっ⁉」

厳かな神殿に私の声が響き渡った。

＊＊＊

人生はままならない。全然ままならない。

スーパーに行こうと走り出したあのとき、なんと私は異世界召喚をされてしまったのだ……！

……よくわからないよね。うん。私もよくわからないから、よくわからないなりに話を聞かせてもらった。

そうして、話を聞いてわかったのは、私を異世界に呼び出したかったわけではなく、私がぶつかってしまった女子高生を召喚しようとしていたらしいということだった。つまり、巻き込まれ召喚。

そう。本来なら私はまったく関係なかったのだ……。

女子高生にぶつかり、真っ白な光に包まれた後、気づけば神殿みたいなところにいた。そして、そこにはたくさんの人がいて、こちらを見て、困惑していた。

いや、困惑していたのは私のほうだけどね。

だって、アスファルトの夜道にいたのに、目を開ければ、そこは陽の光がさんさんと差し込んでいる、真っ白な壁に囲まれた室内だったんだから。

しかも、たくさんいる人たちの恰好《かっこう》がおかしい。なんか騎士みたいな人がいっぱいいたし、ずるずるの長い上着を羽織っている人もいた。さらにフードを目深《まぶか》に被った一団まで目に入れば、それはもう困惑しないほうがおかしい。

でも、彼らには彼らの困惑があった。それは私と女子高生の二人が召喚されてしまったからだ。一人しか呼んでいないはずが、二人。

一方は若くてかわいい女子高生。黒目がちな目はうるおっていて、セーラー服からのぞく生足もまぶしい。

そして、もう一方が私。仕事帰りの疲れたＯＬ。お気に入りのテーラードジャケットは女子高生に覆いかぶさっていたせいでよれて、ワイドパンツはふかふかの絨毯《じゅうたん》の上でしわになっていた。

長い黒髪は清潔感が出るように気をつけてはいるが、エアコンの風に負け、パサつきがち。そして、茶色がかった目はブルーライトに完敗し、ドライアイ。

かたやうるうるの女子高生。かたや圧倒的にうるおいが足りない私。さあ！　お呼びでないのはどっちだ！

……それはもう私である。だれがどう見ても私だ。私も私だと思う。

それでも、周りにいた人たちは見た目だけで判断せず、鑑定士という人が現れ、私と女子高生を鑑定してくれた。

なんでも、この世界にはスキルというものがあり、それを調べればどちらが聖女であるかは即座に判明するということだったのだ。

というわけで、結論はすぐに出た。

まずは女子高生の結果。

――聖魔法、魔力∞《むげんだい》、幸運、神の愛し子。

もう絶対に聖女である。

次に私の結果。

――台所召喚。

以上、終わり。

……ほらね！

というわけで、順当に女子高生が聖女となった。

四階建ての石造りの美麗な王宮。その最上階の王都を見下ろす一番いい部屋に彼女は案内され、今ではたくさんのイケメンに囲まれている。若いっていいね。

一方の私は巻き込まれた一般人として、王宮最下層。日当たりの悪い端の端の小さな部屋で保護してもらうことになった。

そうして、さらに話を聞くと、元の世界に戻るのは難しいということもわかってしまったのだ。

最初にそれを知ったときはちょっと泣いた。

この世界に必要なのは女子高生で、私にはとくに意味はない。けれど、戻ることはできず、あるのは台所召喚というよくわからないスキルだけ。

たったそれだけのもので、家族には二度と会えず、慣れ親しんだものとは切り離され、これまでの生活も仕事も全部なくすなんてあんまりだ。

でも、そもそも私が女子高生にぶつかったのが原因であり、女子高生がこの世界の人に文句を言うのはわかるが、私が文句を言っていいものなのか……。

そして、文句を言って、じゃあ出て行ってくださいと言われても困る。

今は衣食住を保障してもらっているし、何度泣いたって時間は戻らない。それならば、ずっとくよくよしていても仕方がないのだ。

一週間ほど落ち込んで。そして、私は決めた。

小井椎奈《イサライシイナ》。平凡なＯＬ。

――私はこの異世界で楽しく生きていく！

一品目　ベーコンエッグ～仕上げに黒こしょうを～

大陸の南側に位置するリディアータ王国。それが私の召喚された国だ。

リディアータ王国は穏やかで暖かな気候に恵まれ、幾筋も流れる川が土地に豊かな実りをもたらす。東の海を渡った友好国と交易をし、財政的にも潤った国で、花の王国と謳《うた》われているらしい。

そんな話を聞く限り、聖女なんて召喚しなくてもよさそうだ。けれど、この国にはどうしても聖女を召喚しないといけない理由があった。

それが北の森に住む魔獣だ。

リディアータ王国の北には森が広がっていて、その森は土地柄か、異様に魔力がたまりやすいらしい。そして、魔力がたまるところには強力な魔獣が生まれてしまうらしく、何度倒しても、新たな魔獣が生まれてくるとのことだ。

よって、誰もが欲しがる土地であったが、リディアータ王国以外はそこを治めることができなかった。

かくいうリディアータ王国も無傷でそこを治めることができたわけではない。たくさんの犠牲者を出し、ようやく北の森に対抗する術《すべ》として手に入れたもの。

――それが異世界から召喚される聖女である。

聖女は聖魔法により北の森に強力な結界を作ることができた。その身に宿る魔力を注ぎ込むことで、結界を維持し、北の森で生まれる魔獣の侵入を阻むことができるのだ。

——リディアータ王国は聖女により守られている。

それがこの世界に住む者ならば、誰もが知っている事実。

今回、召喚された女子高生のスキルは聖魔法だけでなく、魔力∞というのもあった。

完璧《かんぺき》。まさに聖女の中の聖女。結界を張ってもらうのに最適すぎる。

この世界の人間じゃない私には魔力がどうのこうのというのはよくわからないけれど、魔力が尽きることもないのなら、危険なこともないだろう。

あの女子高生も家族と別れてしまってかわいそうだが、イケメンがたくさんいたし、聖女様としてちゃんと扱ってもらえるはず。同郷として心配しているが、私にできることはないだろう。

そんなわけで、とにかく私は私が楽しく生きる道を探すことにした。

王宮の端の端にある私に与えられた部屋。そこで一人。自分のスキルの確認をしてみる。

……とりあえず、定番だし、唱えてみようか。

「台所召喚——ってわぁ!?」

魔法っぽく唱えてみたら、なんと突然、体がワープした。今まではベッドとちょっとしたソファのある洋風な部屋にいたはずなのに、気づけば小さなキッチンに立っていたのだ。

「ええ……台所召喚って、台所が召喚されるんじゃなくて、私が台所に召喚されるの……?」

なんだそのスキル。

今、私がいるのは小さな小さなキッチン。なんとなく既視感があるのは、その内装がまんま私が一人暮らしを始めた頃のキッチンだからだ。

はじめての一人暮らし。それは1K、トイレとユニットバスがついた部屋だった。

玄関を入ると左手に小さなキッチンがあり、右手にはユニットバス。まっすぐ進めば六畳の部屋がある、すごく一般的な間取りのあの部屋。

私がいるのはそのキッチン部分だけで、玄関もなければ、ユニットバスへ続く扉もない。

二畳ぐらいの空間にミニキッチンと腰くらいまでの高さの冷蔵庫があるだけだ。

「……これが台所召喚」

……しょぼくないか。

だってこのキッチン、コンロが一口しかない。しかもガスでもIH《アイエイチ》でもない。電熱線がぐるりと蚊取り線香のように丸まっているタイプのやつ……。すごく火力が弱いやつ……。

流しはマグカップを四つぐらい置いたらいっぱいになるし、冷蔵庫は小さすぎて物が入らない。

懐かしい。懐かしすぎていやになる。

「しかも、なにもない」

懐かしの不便さを思い出しながら、冷蔵庫を開けてみるけれど、そこにはなにも入っていない。

がっかりしながら、流しの下の扉とコンロの下の扉も開けてみる。やっぱりそこにもなにもない。

「……調理器具も食材も食器も調味料もなにもないのか」

……しょぼいな。私のスキル、すごくしょぼいな。

こんなミニキッチンに移動できるだけの能力ってなんだ。それなら、この世界の台所のほうがよっぽど発達してるんじゃないのか。

「あ、水は出る。電熱線も赤くなってる」

半目になりながら流しの蛇口をひねれば、そこからは勢いよく水が出た。

電熱線もスイッチを入れて少し経つと赤くなったし、どうやらコンロと流しは使えるようだ。そういえば、冷蔵庫もちゃんと冷えていた。

とりあえず、蛇口から出ている水をてのひらですくって、少しだけ飲んでみる。うん。水道水。

仕組みはわからないけれど、水が使えるなら、遭難したときとかには役に立ちそうだ。……遭難する予定はないけど。

「ん？　これなに？」

そうして、キッチンの確認をしていると、ふと見覚えのないものが目に入った。

キッチンの向かい側の壁。そこにコミックの単行本ぐらいのサイズの液晶パネルがかかっている。

不思議に思いながらも、正面から覗《のぞ》き込む。すると、そこには文字が表示されていて……。

『台所ポイント：１００pt《ポイント》』

……だいどころポイント？

よくわからないそれ。とりあえず右手の人差し指で触ってみれば、タッチパネルだったようで、いろいろと表示を変えることができた。

現れた画面は設備、調理器具、食材、調味料などに分かれており、大量に表示された名前の横にはポイント数が表示されている。

「そっか……ふむ、なるほど」

そうして、操作してみれば、なんとなくこの『台所召喚』というスキルがわかってきた。

「つまり、台所ポイントをためていけば、いろんなものを手に入れられて、この台所が豪華になっていくってことか」

設備のところには冷蔵庫拡大やコンロの増設などもあった。調理器具にはフライパンや鍋《なべ》などはもちろん、ケーキの型やハンドミキサーなんかもあった。

「……これってもしや、すごいキッチンが作れるんじゃ」

今はただのしょぼいミニキッチン。

でも、ポイントをためて、いろんなものと交換していけば、このキッチンはどんどん大きくなっていく。業務用のガスオーブンやパンを発酵させるためのホイロなんかもあった。元の世界ではスペースの問題で諦《あきら》めたものや、いつか買おうと思って、結局買えなかったものもあった。

「すごい。スキル『台所召喚』すごい！」

しょぼいなんて思ってごめん。なんて伸びしろの大きいスキル。私にとっては最高のスキル！

意味もなく召喚され、これまでのものを全部なくした。とりあえず保護されているだけの状況で、不安定だった自分の足元。それがゆっくりと照らされていく気がする。

元の世界では手に入れることが叶《かな》わなかった設備や調理器具、あれもこれも手に入れて、おいしいごはんを作ってみたい。

――よし！　このスキルで夢のキッチンを作る！

そうと決まれば、本当にポイントを交換すれば品物が手に入るのか確認しなくては。

ポイントのため方なども気になるけれど、私はとりあえずやってみてから考えるタイプなのだ。

「まずは……どうしよう、なにを作ろう？」

液晶の前で、うーんと首を傾ける。

実は先ほど朝食をとったばかりで、おなかはあまりすいていない。

食事は隣の部屋に用意されて、私の準備ができ次第、そちらへ移動するような感じになっている。

朝は固めのパンとぬるくなった野菜スープだった。

味は普通だし、用意してくれたものに不満はないけれど、もっとできたての温かい……いや、あつつあつのものを食べたい。

「あ、そうだ。ベーコンエッグ」

召喚されたとき、朝食に作ろうと思っていたメニュー。

さすがにクロワッサンを食べるようなおなかの空きはないけれど、ベーコンエッグぐらいなら食べられる気がする。ミニキッチンでも簡単に作れるし、材料もそんなにいらないだろう。はじめてにはちょうどよさそうだ。

「よし。じゃあ交換するのは卵、ベーコン、塩……あ、フライパンと菜箸《さいばし》もいるか」

なにもないミニキッチンだから、食材だけでなく、調味料や調理器具も手に入れないといけない。

卵とベーコンは10ポイント。塩と菜箸は5ポイントで交換できる。

フライパンは必要なポイントが高くて、26㎝の一般的なサイズで蓋《ふた》もつけると50ポイント必要なようだ。

「……小さいのにしようか」

目玉焼きなら20㎝の小さいものでいいし、オムレツなどは小さいもののほうがいい。小さいのだと30ポイントで済むし……。

「いや、でも一つ目のフライパンは大きいほうがいいよね」

そう。おいおい小さいのも欲しいが、やはり一つ目は大きいの。炒《いた》めものにも使えるし、ハンバーグや餃子《ぎょうざ》も一気に焼けるものがいい。

台所ポイントがどれぐらい増やせるのかわからないから、片手鍋なんかを手に入れられなくても、大きいのにしておけば、野菜を茹《ゆ》でたり、スープを作ったりもできるし。

「これでよし」

液晶をタップして交換する品物を選ぶ。

すると『交換しました』という文字とともに、キッチンが白く光った。

「おおっ、増えてる！」

そうして調理台を振り返れば、電熱器の上にフライパンが載り、ささやかな調理スペースに卵とベーコン、塩、菜箸が載っていた。

「あ、これいつもの」

それは元の世界で買っていた商品。それがそのパッケージのまま、存在している。

仕組みはよくわからないけれど、私のスキルだから私が使いやすいようにできてるんだろう。

卵は十個入り。ベーコンは四枚のパックが三つほどテープでまとめられている。塩は海水塩でにがりも適度に入っているやつだ。

けれど、それを見て、自分の失敗を悟った。

「……しまった。はさみか包丁が必要だった」

そう。これでは塩の袋が切れない。

だから、もう一度、液晶を操作して、はさみや包丁を手に入れるためのポイントを確認してみる。

「やっぱり包丁かな」

これからのことを考えても、包丁は絶対必要だし、包丁でも塩の袋は切れる。だから、包丁の中でも一番使い勝手がいい三徳《さんとく》包丁が欲しいところだ。

しかし、その願いはあっけなく打ち砕かれて……。

「あー、足りない……」

足りない。ポイントが足りない。

液晶には三徳包丁を手に入れるためのポイントは30ポイントだと表示されていた。しかし、もともと100ポイントしかなくて、いろいろと交換してしまったため、残りは20ポイントしかないのだ。

「20ポイントでペティナイフを手に入れるか……いや、同じ20ポイントなら調理ばさみのほうがいいかも」

なんとか少ないポイントで効率よく、これからも使いそうな道具を選ばないといけない。なので、いろいろと考えた末、私は必要なものを選んだ。

「うん、これだな」

タッチパネルを操作すれば、『交換しました』の文字とともに、またキッチンが白く光る。

そして、調理台の上に現れたのは袋を留めるクリップ十個と布巾《ふきん》五枚セット。どちらもカラフルでかわいい。さらに、蛇口の横には泡で出るハンドソープも。

え？　刃物？　交換してないよ！

「塩は！　手でちぎる！」

仕方がない。だって、クリップ、布巾、ハンドソープの交換にそれぞれ5ポイント、計15ポイント必要だったから……。ペティナイフも調理ばさみも交換できなかったから……。

手で袋を破ろうとすれば、袋がちょっと伸びるし、指が痛いけど、それは我慢する。

ちゃんと袋の封をしたかったし、布巾でさっと拭《ふ》きたかった……！　手も洗いたかったんだ……！

「よし、じゃあ作ろう！」

まずはしっかり手洗い。ついでにフライパンも一応洗っておく。

布巾は一枚を手拭き、もう一枚を台拭き、そして一枚を食器拭きにした。残りはとりあえずそのままで。

そして、食器拭き用の布巾でざっとフライパンを拭いて、電熱器の上に載せた。スイッチを入れて、フライパンを温めておくのだ。……電熱器、めっちゃ火力弱いから。時間かかるからね。

そうして、フライパンを温めている間に、卵とベーコンの残りを冷蔵庫に入れた。あとは問題の塩の袋。二の腕に力を入れて、塩の袋を手でちぎる。必死。かなり必死。袋を伸ばし、薄くなったところを指で破って、その穴を大きく……。

……はさみ欲しい。

切実に。早くポイントためよう……。

「温まった」

そうして塩と戦っていると、フライパンが温まっている。

しっかりと熱されたフライパンにパックから取り出したベーコンを一枚ずつ剝《は》がしながら、載せていく。ベーコン自身から油が出るから、あらかじめ油を入れる必要はない。

「あー、あれも欲しいな、ベーコンの上に載せるやつ」

名前は確かベーコンプレス。そのまんま。

ベーコンプレスは焼いているベーコンを上から押さえておくもので、ずっしりと重い。その重さでベーコンをフライパンに密着させるのだ。これを使うとカリカリのベーコンが作れるらしい。さらに鶏もも肉の皮をパリパリにするのにも使えたりするようだ。

すごくやってみたい。でも、もちろん今はそんなポイントはないので、いつかポイントをためて、手に入れよう！

「んー、いい色！」

今はないベーコンプレスに思いを馳《は》せながら、パチパチと音を立てるベーコンをひっくり返す。最初は平べったかったベーコンは少しだけ縮み、ゆらゆらと波立っている。香ばしい油が出て、茶色の焦げ目がとてもおいしそうだ。

そして、四枚全部をひっくり返すと、そこに卵を割り入れた。

透明な白身がベーコンの上に広がっていく。黄身だけはこんもりと盛り上がっていて、なんかかわいいよね。ベーコンからはみ出て、直接フライパンに当たったところは、あっという間に白に変わっていった。

そうして、底の面から白くなっていく卵に一つまみの塩をかける。黄身にめがけて塩を振り、最後にぱっぱっと指を振って、全体に。

「よし、水」

味付けをしたら、後は蒸らし。

本来ならコップとかに入れて、フライパンに水を入れるんだけど、今は持ってない。なので、フライパンの蓋に水を適量入れ、慎重に運ぶ。

……情けない姿だけどね。ないものはないから。

そして、零さないようにしていた水をフライパンの上まで運ぶと、その水を鍋肌から滑らせた。

ジュウッという音とともに一気に蒸気が上がり、油が跳ねる。

それを抑えるように、急いで蓋をすれば、閉じ込められた音がパチパチ、ジュッ、ジュッとフライパンの中で踊った。

この跳ねる音……いいよね。料理してるって感じがする。

フライパンの中の音に耳を澄ませ、その音が落ち着くのを待つ。水の跳ねる音がグツグツという沸騰する音に変わり、その音も次第に小さくなる。

そうして、だいたいの水が蒸発したタイミングで蓋を取れば――

「うん！　おいしそう！」

――できたてのベーコンエッグ！

白身はしっかりと固まり、つやっと光を弾いている。

黄身の表面には白く半透明の膜が張っているが、その下に見える黄色はまぶしく、中身はまだとろっとした状態のはずだ。

目玉焼きの下にあるベーコンの香ばしい匂いが最高……！

水を入れる工程の跳ねさえ気にしなければ、小学生でも作れる料理。それでも、久しぶりに見るできたて、あつあつのごはんはすごくおいしそうで……。

すると、液晶を操作していないはずなのに、辺りが白く輝き、調理台の上に白いお皿とフォークが現れた。

「わ！　これ、いいのかな、使っても」

まさにグッドタイミング。

実はお皿や箸《はし》、フォークなどは交換できなかったから、フライパンから直に食べようとしていた。

うん。人には見せられない。

でも、どうせ一人だし、ないものはないのだから左手にフライパン、右手に菜箸で食べようと思っていたのだ。

けれど、こうしてお皿とフォークが出てきてくれた。いろいろ試さないとわからないが、もしかしたら、ごはんができれば、お皿やカトラリーなどはこうして出てきてくれるのかもしれない。それだと非常にありがたい。

そんなわけで、フライパンから滑らせるようにして白いお皿にベーコンエッグを移す。

同じお皿にサラダを盛り、クロワッサンをつければ、まさに、私が巻き込まれ召喚されてしまった日に食べようとしていたもの。

食べると一日がんばれる気がするベーコンエッグ。遠くなってしまった日々がなんだか感慨深い。

「……できあがり！」

しんみりしそうになる気持ちを立て直すために、あえて明るく声を出した。

すると、目の前が真っ白になって……。

「わっ……と」

左手にベーコンエッグの載ったお皿、右手にフォーク。

言葉を発したせいかわからないけれど、ごはんを持ったまま、私の体がワープしたようだ。

「イサライ様っ⁉」

「あ……」

そして、そこには私の護衛をしてくれている騎士がこわい顔でこちらを見ていた。

彼は私がこの部屋に押し込められたときから、ずっと護衛をしてくれている人だ。淡い青色に金色の刺繍《ししゅう》が施された騎士服がとても似合っている。

「イサライ様、いったいどちらへ？」

「えっとですね、ちょっとスキルを確認していて……」

「スキル？」

「……少しだけ待ってもらっていいですか？」

この状況で待ってもらうなんて、失礼だと思う。でも、今は話をするよりもやりたいことがある。

ベーコンエッグをあつあつのうちに食べたい！

手に持っているものを見えるように差し出す。すると彼はゆっくりと頷《うなず》いてくれた。

「わかりました」

そして、何事もなかったかのように私の視界から外れ、そっと場所を移動する。

なので、私はベーコンエッグを持って、ソファへと移動し、腰かけた。

「……おいしそう」

左手に持つお皿を見れば、そこには湯気の立ったベーコンエッグ。それを見ているだけで胸の中がまた明るくなっていって……。

目玉焼きのおいしさは本当にすごい。ちょっと焼きが甘くて、白身がしっかり固まっていなくても、それはそれでおいしい。弱火でしっかり焼いて黄身に火を通した完熟目玉焼きだって最高においしい。

そして、ベーコンのおいしさもすごい。そのまま焼いてもよし、スープに入れてうま味を出すもよし。そんな二つを贅沢《ぜいたく》にも一緒にした至福のメニュー！　それがベーコンエッグ！

そのできたてのベーコンエッグを前に、まずは表面だけ少し固くなった黄身にそっとフォークを入れる。すると、黄身がとろっと流れてきて……。

こんがりと焼けたベーコンにとろとろの黄身をしっかりとつける。そして、口に運べば……。

「んっ、おいしい……」

香ばしいベーコンにもったりとした黄身の濃厚さがからむ。目玉焼きの控えめな塩分も、ベーコンの塩気があればちょうどいい。

そして、なんせできたてあつあつ。湯気がゆらゆらと揺れる姿におなかも心もぽっかぽかだ。

知らず知らずのうちに笑顔になって、そのままパクパクと口に入れていく。

お皿に残った黄身を最後の一枚のベーコンにしっかりとつけて食べれば、あっという間に完食してしまった。

「ごちそうさまでした」

ソファに座り、左手でお皿を持ったまま食べていたから、手を合わせることはできないけれど、しっかりと食事の挨拶《あいさつ》をする。

すると、手に持っていたお皿とフォークが光となって消えていった。

「おお……」

きらきら光る粒に思わず声が出る。

なにこれ、すごいな。スキルで出したものだから用がなくなったら消えるってことなのか。

まだまだ謎が多いスキル、『台所召喚』。でも、知れば知るほどそのスキルに惹《ひ》かれていく。

……これって皿洗いしなくていいんだよね？

神かよ。

そうして、消えたお皿とフォークに感動していると、ぼそりと呟《つぶや》く声が聞こえた。

「……不思議なスキルだな」

……あ、そういえば、いるんだった。

「では、イサライ様、食事も済んだようなので、本題に入ってもよろしいですか」

呟いた言葉とは違い、しっかりと敬語を使いながら、そっと私に近づいてくる。その目は鋭く、氷のような水色だ。

「はい。待ってもらい申し訳ありません」

ソファに座っている私から少し距離を取って立ち止まった彼に、少しだけ頭を下げた。

この騎士の名はヴォルヴィ・ハストさん。ここに押し込められた初日に名前だけは聞いた。

銀色の短い髪に水色の目。顔つきこわい。体つきでかい。なんか強そうでほぼ無表情。

そんな彼はどことなくシロクマに似ている。たぶん。私基準ではすごく似ている。こうグアァア！　とか言って両手を上げてアザラシを狩っているような感じなのだ。

鋭い目つきであまり表情を変えない雰囲気はこわいが、よく見るとその顔は整っている。

よって、私は彼をイケメンシロクマと呼ぶことにした。心の中で。

そんなイケメンシロクマは見た目通りに無口らしく、これまではほとんど話したことがなかった。初日の挨拶とちょっとしたことだけ。でも、今は向こうからこちらに聞きたいことがあるようで……。

まあ、突然、ベーコンエッグを持った女が現れたら驚くよね、うん。

むしろ、私が食べ終わるまで待ってくれたことがすごいと思う。食べる私も私だけど、待ってくれたイケメンシロクマも優しすぎる。

「イサライ様はスキルの確認をしたとおっしゃっていましたね」

「はい。ここでぼんやりしていても仕方ないし、せっかくだから試してみようと思って」

「『台所召喚』のスキルを使うと、イサライ様の体が転移する、ということなのですね」

イケメンシロクマの言葉にそうです、と頷く。

ベーコンエッグを食べる前の言葉を考えてくれていたのだろう。

「信じがたいですが、確かにイサライ様の気配はこの部屋から消えました。私は扉の前で待機していましたが、緊急事態かと部屋に立ち入らせていただきました」

「あ、そうだったんですね」

だから、私が台所からこの部屋に帰ってきたときにここにいたのか。

「イサライ様の姿は見つけられず、なにか手がかりはないかと部屋を見ていたのです。すると、イサライ様が目の前に現れた。本当に突然で、それがスキルの力だと言われれば納得するよりほかはありません」

イケメンシロクマが低い声で淡々と告げる。その言葉はなにやら不穏だ。こうさ、信じられないけど信じるしかない、仕方ない、みたいな感じだよね。

「あの、どうやら、私が別空間にある台所に召喚されるみたいなんですけど、こういうスキルはないんですか?」

私、普通にワープして普通にごはんを作って普通に戻ってきたんだけど……。

「はい。私はスキルに詳しいわけではないので、絶対ではありませんが、聞いたことはありません。この世界を転移するような術は見つかっていませんし、やはり異世界から召喚された方はこちらの世界の枠にはまらないのかもしれません」

……そうか。夢のキッチンを作るぞ! と意気込んでたけど、そもそもワープできること自体がおかしいのか。

「イサライ様」

イケメンシロクマが鋭い水色の目で私を見る。

「スキルのことは内密にしたほうがよろしいかと」

真面目なその色に私はふむ、と考え込んだ。

この世界の人間なら誰もが持っているスキル。それは自分の力を表す、大事なものだ。

もちろん一口にスキルと言っても、いろいろと違いがある。貴重なものから多くの人が持っているもの。有用なものからあってもなくてもこまらないもの、むしろ邪魔になるもの。実にさまざま。

そして、貴重で有用なスキルの代表と言えば、それはもう聖女様である。私と一緒に召喚された女子高生が持っていたレアスキルだ。

聖魔法、魔力∞《むげんだい》、神の愛し子。

もう、その響きだけですごさがにじみ出ている。そして響きだけでなく、実態もすごい。

現在そのスキルを持っているのはあの女子高生だけなのだそうだ。唯一。オンリーワン。レア中のレア。

しかもそのスキルはレアなだけではない。スキルの能力としても非常に有用であることがすでにわかっていた。女子高生の持っていたスキルは過去の聖女様と同じスキルだったのだ。

歴代の聖女様はそのスキルを駆使し、この国を導いてきたらしい。

だから、この国の人にとって、女子高生のスキルはとても素晴らしいものだった。

しかも、歴代の聖女様のレアスキルはせいぜい一つか二つで、今回の女子高生のようにオンリーワンスキルを三つも持っている人はいなかったらしい。

さらにもう一つのスキルである『幸運』は他にも持っている者はいるが、それがあるだけで人生はうまくいくと言われているようなみんなが憧《あこが》れるスキルらしい。

この話だけでわかる女子高生のすごさ。さすが聖女様。さす聖。

鑑定士は声を震わせて感動していたし、涙も流していたように見えた。

一方の私のスキル『台所召喚』だけど、実はこれもレアスキルだ。そのスキルを持っているのは私だけ。そう。私もオンリーワン。しかも、それは現在だけでなく、これまでの過去の記録すべてにおいて。

――私のスキルは本当に私だけしか持っていない、そして誰も持ったことがないスキルだったのだ。

だから、私の鑑定結果が出たとき、鑑定士はあれ？　と首を傾げていた。顔になにこれと書かれていた。うん。私もなにそれって思った。

そして、その平凡なスキルの名前ゆえに、とくに気にもされず、そっと流された。

みんなが聖女様である女子高生へ喝采《かっさい》を送ることに集中し、私はただの一般人Ａと化したのだ。

だから、私のスキルは誰にも重要視されていない。内密にする必要はなさそうなもの。けれど、イケメンシロクマの表情は真剣で……。

「……私はこの国に仕える騎士です。だからイサライ様にこんなことを言える立場ではないのですが」

イケメンシロクマは低く呟くと、そっと私に近寄る。そして、私の座るソファの前に片膝《かたひざ》をつき、その身をかがめた。

「あなたをこの国の事情に巻き込んだことを申し訳なく思います」

右手を左胸に当て、私に向かって頭を下げる。

いつもは私より頭一つ分は高い身長。でも今はソファに座る私の頭のほうが高い位置にある。

いきなりのことにびっくりして、イケメンシロクマを見ると、そっと頭を上げて、その水色の目で私を見た。

「イサライ様が私の謝罪を受け入れる必要はありません。この謝罪のせいで、あなたに心苦しい思いをさせたいわけではないのです。ただ――」

低い声がぼそりと呟く。

「――ずっと心配していました」

鋭い水色の目。だけど、全然こわくはなくて……。

「召喚されてから、イサライ様は部屋に籠《こも》り、食事の量も少なかった。突然、この世界に召喚されたのだから当たり前のことです。なにか力になれればと考えていましたが、結局はなにもできないままでした」

あまり表情を浮かべない顔。その眉尻《まゆじり》がほんの少し下がった気がした。

「先ほど、あなたはおいしいと言って笑っていました。……きっと、それが本来のあなたなのだろう、と。その笑顔を曇らせたのが、私たちなのであろう、と」

その表情と言葉に胸がなんだかふわっとして……。

……そうか。やっとわかった。

彼はそれこそシロクマに似てると思うぐらい体が大きい。目つきも鋭いし、無表情なことが多くて、一見するとすごくこわい人。

でも、私は彼がこわくなかった。心でイケメンシロクマって呼べるぐらい、実は親しみもあった。

「笑顔が見られて、よかった」

――それは鋭い水色の目の奥がとても優しいから。

私が一人、ソファで膝《ひざ》を抱えて泣いていたとき、扉の外でずっと待機してくれた。

窓の外を見て、どこか知っている景色はないかと探していたとき、庭に行こうと誘ってくれた。

夜、ぼんやりとしたまま寝て、目覚めたときに見る景色に絶望した朝、いつも挨拶をしてくれた。

一つ一つは小さなこと。

けれど、私がこの異世界でやっていこうと割と早く立ち直れたのは彼のおかげもあったのかもしれない。

さっきだって、ベーコンエッグを食べ終わるのを待ってくれた。私にとっては必要なことだったけど、そんなの彼にわかるはずがないのに……。

この異世界で楽しく生きるための第一歩。それが召喚される前に食べたいと思っていたベーコンエッグだった。できたてのあつあつを食べて、がんばるぞって気合を入れたかった。

そんな私の気持ちを彼は尊重してくれていて……。

「内密にしたほうがいいと言ったのは、これ以上あなたをこの国の事情に巻き込まないためです」

鋭い水色の目。けれど、その目の奥は優しく、私を気遣ってくれている。

「……私はこのスキルを使っていこうと思います。内密にする、というのはスキルを使わないほうがいい、ということですか？」

「いえ。スキルの使用に関しては、イサライ様の考える通りでいいと思います。ただ、イサライ様のスキルはとても貴重なものです。イサライ様しか持っておらず、その有用性も可能性も今のところ未知数。現在はこうして、王宮の一部屋に押し込められている状況ですが、そのスキルがこの国のためになると示せば、イサライ様への対応は変わるでしょう」

その言葉に頷《うなず》く。

今はただの一般人Ａ。けれど『台所召喚』のスキルがすごいことを示せば、待遇はよくなる。聖女様ほどではなくても、もっといい部屋を与えられ、もっといい暮らしができるかもしれない。

「イサライ様の話を少し聞いただけで、私はそのスキルが有用であると思いました。しかも、その可能性は大きいとも。転移するスキルは他にはありません。台所で料理を作るだけ、というような使い方ではなく、隠密のようなことや金庫としても活用できるのではないか、と」

「なるほど……」

私にとっては台所のほうが重要だけど、この国にとってはそれよりも転移の能力のほうを伸ばそうとするかもしれない。このスキルにはそういう力がある。

「イサライ様がこの国に対し、その重要性、貴重性、有用性を示したいのであれば、もちろん内密にする必要はありません。むしろ、積極的にアピールするべきかと思います」

そう。今の状況を変えようと思えばそうするべきだ。

私は使える女ですよ！　と声高に宣言する。スキル『台所召喚』はすごい！　と表立って、使っていけばいい。

「しかし、この国はそんなイサライ様を利用しようとするでしょう。それが幸せに繋《つな》がるかどうか、私には是とは申し上げられない」

低い声でしっかりと告げられた言葉。それが胸に響いて……。

彼は選択権を私に与えてくれている。そして、その上で警告までしてくれているのだ。

「……いろいろとありがとうございます」

彼はこの国の騎士だ。

きっとこんな風に謝罪をしたり、スキルを内密にしたほうがいいだなんてことは言わずに、私のスキルを上へと報告するのが一番いいはず。

けれど、彼は片膝をつき、国に利用される道への疑問も伝えてくれている。

……本当に優しいイケメンシロクマだ。ここにいたのが彼でよかったと思う。

「それではひとまずはスキルのことは口外せず、使用する際も気をつけます」

なので、その水色の目をしっかりと見返して、頷いた。

今後どうなるかはわからない。けれど、ひとまずはスキルのことは内密にするほうがいいだろう。

私はこの国に取り立ててもらいたいわけではないし、なにかめんどうなことになるのもいやだ。

――ポイントをためて、夢のキッチンを作るのが目標だからね！

「はい。私もイサライ様のスキルのことは秘匿します。そして、スキルを使用されている間は私がそれを守ります。今回のように出現を見られたり、イサライ様がいなくなることを悟らせないように」

「それは……すごく心強いです」

本当に。イケメンシロクマの『守ります』のパワーがすごい。

「あ、それではお近づきの印というか共犯のお供にというか、たいしたものではないんですが、スキルを使ったごはん、食べてみますか？」

それはちょっとした思いつき。

今のミニキッチンでは作れるごはんなんてほんの少ししかないし、相変わらず、スキル『台所召喚』についてはわかっていないことも多い。

だから、断られたらそれはそれでよかった。無理やり食べさせたり押し付けたいわけでもない。

ただ、これからスキルのことを相談できるのは、彼しかいないかもしれないのだ。

それなら、いろいろと知ってもらって、試したり、話したりできればいいなぁなんて。そんな軽い気持ち。

「……よろしいのですか？」

そんな私の言葉に水色の目がきらきらと光った。

そのあまりの輝き具合にちょっとびっくりする。

自分、不器用ですからと言いそうなイケメンシロクマが、まさか私のごはんの誘いにこんなに目をきらきらさせてくれるとは思わなかった。

おなかが減っていたのか。いや、食いしん坊なのかも？　社交辞令にしては目が輝いている。

そこで少しだけ話をし、私が食べていたベーコンエッグを作ることにした。

イケメンシロクマは私のスキルがバレないように、扉の前で見張りだ。

「『台所召喚』」

一人になった部屋でさっきと同じように唱えれば、ちゃんとワープした。

二回目にして完全習得！

「って、わぁ……」

ちゃんとミニキッチンに移動できて喜んでいたが、目の前の光景に思わず声を上げてしまう。

なんと、ミニキッチンがきれい。ちゃんと整頓《せいとん》されている。

「……ぜんぶきれいな状態だ」

まだスキルのことなんて全然わかってないから、ベーコンエッグを作った後、すぐに元いた部屋へとワープしてしまった。

だから、後片付けなんてできるわけもなく、フライパンは使ったままだし、卵の殻とベーコンの袋はとりあえず調理台に載せたままだった。

それが、フライパンはベーコンの油や卵の焦げた部分もなくぴかぴかになって電熱器の上に。卵の殻とベーコンの袋はなくなっている。

「布巾《ふきん》も乾いてる」

手拭《てふ》きや食器拭きは水気を少し拭いただけだから、乾いていてもまあすごくおかしいというわけではない。だけど、台拭きにした布巾は水で濡《ぬ》らし、絞った後で畳んで調理台に置いておいた。

だから、乾いているはずはないのに、布巾はきれいに畳まれ、ちゃんと五枚ある。

「こびとさんの仕業……」

私がいない間にきれいにしてくれたの？　靴も作ってくれるの？

「あ、卵とベーコンは減ってるんだ」

こびとさんに思いを馳《は》せながら、冷蔵庫を開けてみれば、卵は九個、ベーコンは二パックになっていた。

「食べたものはなくなる。でも、ここにある調理器具などは使用前の状態に戻るのかな」

つまり、掃除をしなくていい。神かよ。

「スキル『台所召喚』すごい」

しょぼいなんて思ってごめんね。至れり尽くせりの最高のスキルです。

ありがとうの気持ちを込めて、壁をすりすりと撫《な》でる。

そして、液晶の前へと向かった。確認してみると、なにやら文字が表示されていて――

「増えてる！」

台所ポイントが増えてる！

『はじめてのポイント交換　５００ｐｔ《ポイント》』

『はじめての調理　５００ｐｔ』

『ベーコンエッグ作製　２００ｐｔ』

一気に１２００ポイントも増えてる！

この『はじめての～』は初回ボーナスのようなものだろう。

だから、今回調理をした際にもらえたのは『ベーコンエッグ作製　２００ｐｔ』というものだと思う。そして、そのポイントは思ったよりも多くて……。

「けっこうもらえる」

今回使ったのは95ポイント。それが約二倍になって返ってきた。

しかも、今回一番ポイントを使ったフライパンは、次は交換する必要がないし、ハンドソープや布巾、袋留めクリップも交換しなくていい。

卵とベーコンの残りもまだあるし、こうして調理をすればポイントがたまるのなら、いける気がする！

「……よかった」

一人、ほっと息を吐く。

そう。実はポイントのため方についてはちょっと心配していた。

勢いのままにポイントを交換してしまったが、そのポイントを獲得するのが難しかった場合、困っていたかもしれない。

まあ結果オーライ。まだわからないことが多いスキルだけど、このミニキッチンを夢のキッチンにするためには、台所をどんどん使っていけばいい。使えば使うほどすごくなっていく。それがこのスキル『台所召喚』！

そんなわけで、たまったポイントに心を弾ませながら、液晶を操作して、ポイント交換をする。

一気に１２００ポイント増えたから、ベーコンエッグ以外のものも作れるんだけど、もうベーコンエッグにすると伝えてあるから、それでいいだろう。

「これでよし」

無事ポイント交換が終わり、白く光る。

そして、調理台を見れば、そこには目的のものがちゃんと交換できていた。

「作ろう！」

気合を入れて、作業開始！　作るのはさっきと同じ、ベーコンエッグ。

まずは手を洗って、フライパンを温める。そこにベーコンを入れ、ひっくり返したら卵。また一緒の作業をすれば、あっという間にベーコンエッグの完成だ。

「お、やっぱり自動でお皿が出た」

ベーコンエッグができあがると、またお皿とフォークが出現する。

ありがたい。本当にありがたい。調理台をすりすりと撫でてお礼を言うと、そのお皿にベーコンエッグを移し、フライパンを電熱器の上へと戻した。

そして、周りをきょろきょろと見回すんだけど……。

「そっか。できあがれば勝手にワープするってわけでもないのか」

なるほど、と一人納得する。

もしかしたら、お皿に移すと、ワープするようになっているのかもしれないと思ったけれど、そうでもないらしい。

「よかった。自動ワープだったた場合、飾り付けとかができないもんね」

調理の仕上げ。ソースをかけたり、パセリを振ったりするやつ。

もし、できあがった瞬間にワープしてしまっては、そういうことができないかもしれない。なので、私の意思、タイミングで移動できるのならばそのほうがいい。

「これには必要なものがあるしね」

そう言って、さきほどポイント交換していたものを手に取る。

それは片手に収まるぐらいのもの。そして、ベーコンエッグに向かって、ごりごりとそれをひねった。

するとベーコンの上に黒いものが散って……。

「――やっぱり、黒こしょう！」

そう。私がポイント交換したのはミルに入った黒こしょう！

黒こしょうとミルとを別々に買う人も多いが、私は一緒になっているタイプを買っていたので、いつものである、それが出てきた。

いつかは電動タイプも使ってみたい。スイッチを押すとミルが動き、削ってくれるやつ。

ポイント交換で出てきたのは手動なので、私が手首をひねる度に、ミルに入った黒こしょうががリリガリリと削られる。

まんまるだった黒い粒は弾けて、中身の白色が見えた。そして、香ってくるあの匂い……！

「あー……ずっとごりごりしたい」

なによりもミルで削られ、弾けるときの手ごたえがたまらない。ずっと削っていたい。黒こしょうを削ってストレス解消したい。

でも、いつまでも削ると大変なことになるので、自分の欲求を抑え、なんとか手を止める。

そうして、黒こしょうをかけ終われば、そこにはベーコンエッグができていて……。

さきほどと同じ、こんがり焼けたベーコンに半熟の目玉焼き。そこに黒い粒が散っている。

――ベーコンエッグ、黒こしょう多め！

「できあがり！」

その言葉を発すると、体が元いた部屋へとワープした。

うん、なるほど。

どうやら『できあがり』の言葉がワープの合図になっているようだ。『台所召喚』で台所へ行き、『できあがり』で戻ってくる。よし、完全習得！

にんまり笑うと、コンコンと扉がノックされた。ちょうどいいタイミングすぎて、肩がびくぅとなる。

「っはい」

「ハストです。よろしいですか」

「はい、どうぞ」

ノックの主は護衛騎士のヴォルヴィ・ハストさん。イケメンシロクマ。

なんか気配がどうとかこうとか言ってたけど、本当にわかってるみたいだ。

だってめちゃくちゃタイミングがいい。私が戻ってきた途端のノック。心臓に悪いノック。

普通は扉を隔てた向こう側に人がいるかどうかなんてわからないと思う。だって、私は声を出していないし、音を立ててもいない。

だから、本気で気配だけで察知しているのだろう。

……イケメンシロクマ、すごいな。

イケメンシロクマの能力に感動していると、扉が開き、彼が部屋へと入ってくる。

そして、私の手元を見た途端、水色の目がきらきらと輝いた。

「おいしそうです」

「いや、本当にたいしたものじゃないんですけどね。子供でも作れますし」

「これを…、子供が……」

あまりにきらきらと輝く目に謙遜《けんそん》すれば、なぜかイケメンシロクマは目を見開き、私の手元をじっと覗《のぞ》き込んだ。

「子供がベーコンをこんなに薄く、均一に切れるとは……」

イケメンシロクマの信じられない……という呟《つぶや》き。

驚きすぎである。でも、その言葉でなぜ彼が驚いているかは理解できた。

「いえいえ、このベーコンはすでに切った状態でお店に売られているんです」

「切った状態で？」

「はい。私のいたところでは、この薄いベーコンのほうが庶民的でブロックベーコンのほうが豪華な感じがするんです」

「この技術が庶民的……」

かなり高度な剣術のスキルを感じる、とイケメンシロクマは呟いた。

いや、剣術スキルじゃないよ。機械がね、たぶんやってくれてる。

「こんな薄さのベーコンは初めてです。……実は、イサライ様がさきほど召し上がっているのを見て、それがとても気になっていたのです。もし、イサライ様がこのベーコンを切ったのであれば、一度手合わせをしたいな、と」

「いや、無理ですから」

輝く瞳《ひとみ》の彼の提案をばっさりと拒否する。

だって、気配察知がどうとかこうとか言う人と手合わせなんかできるわけない。即死だよ。オーバーキルだよ。

なので、話題を変えるためにも、イケメンシロクマに席を勧めた。

「熱いうちにどうぞ。立って食べるのもあれなんでソファへ」

テーブルとイスがあればよかったが、この部屋にはない。だから、ソファに横並びに座った。

イケメンシロクマは遠慮していたが、他に座るところはないから仕方がない。

そうして、二人で席に落ち着いて、早速ごはん！

「これはどのように食べればいいですか？」

「どうぞ好きに食べてください。そんな決まりがあるようなすごいものではないですから」

そう。ベーコンエッグの食べ方は無限大。

白身から食べて、黄身を最後まで残すもよし。逆に黄身を食べてしまってから、白身を食べてもよし。ベーコンと目玉焼きを別々にしてしまってもいい。

好みに合わせて、自由自在！　それがベーコンエッグ！　懐が深い！

「では、イサライ様のおすすめの食べ方を教えてください」

「私のですか?」

「はい」

フォークを手に持って、イケメンシロクマがきらきらとした目で私を見る。

だから、私もその目に応えようと、にんまり笑った。

「ではまず、黄身を少しだけ割ってください」

「黄身ですね、わかりました」

私の言葉にイケメンシロクマのフォークが動く。

黄身にそっとフォークの側面を当てると、プツッと表面が破れ、中からとろりと黄身が流れ出た。

「次に白身ごと、ベーコンを一枚切り離します」

「はい」

ベーコンは三枚を川の字のように。そして、一枚を川の字の上に蓋《ふた》をするような形で並べている。

計四枚。そのうちの一番左側のベーコンに沿って、白身に筋を入れる。

そうして、ベーコンを少しだけずらせば、白身の載ったままのベーコンが一枚だけ切り離された。

「それを口に入るぐらいに畳んで、フォークに刺したりしてください」

「ベーコンと白身を一緒にフォークに取るんですね?」

「はい」

イケメンシロクマが器用にベーコン一枚とその上に載った白身とを一緒にフォークに刺す。

それを口に入れれば、ベーコンの塩気と白身の食感がとてもおいしいはず。でも……。

「さっき黄身を割ったところにベーコンと白身をたっぷり絡ませて、食べてみてください」

やっぱり、黄身を絡めて欲しい！

そんな私の言葉に、イケメンシロクマは頷《うなず》くと、しっかりと黄身をつけた。そして、それを口に運んで……。

「……うまい」

彼から、思わず、といった風に言葉が漏れる。

敬語ではないそれ。

その低い呟きが、彼が本当においしいと思ってくれたように感じられた。

「ベーコンは薄いながらもしっかりと燻製《くんせい》の香りがします。それにナイフなどを使わずに手軽に食べられるのもいいですね。ベーコンの油、白身の食感、それに黄身のまろやかなうま味が合わさって……」

そこでふと言葉を終えた彼が、味を確認するようにゆっくりと口を動かした。

「これは黒こしょうですか」

イケメンシロクマは手元にあるベーコンエッグを観察しながら、私へと問いかける。

うまいとは言ってくれたけど、もしかして、こしょうは苦手だったのかも。

「あ、辛《から》いのダメでしたか？」

「いいえ、とてもおいしいです。ただこの国ではこしょうをこのような使い方はしないので」

……もしかして、黒こしょうが貴重だったり？　十字軍が遠征に来たり、その貴重さゆえに取り合いになって、金と同等の価値があったりしますか……！

「こしょうはあまり使わないのですか？　すごく貴重で手に入らないとか……？」

中世ヨーロッパとインドの関係を思い出しながら、そっと尋ねる。

けれど、イケメンシロクマはそれには首を横に振った。

「いいえ。確かに調味料としては少し割高ではありますが、手に入らないということはありません。ただ、使用する際は他のスパイスとともに細かくすりつぶし、肉などに擦り付けて焼いたり、スープに粒のまま入れて、食べる際には取り出すのが一般的です」

その言葉になるほど、と頷く。こちらの世界にはこちらの世界の食生活がある。それはどんなものだろう。それを思うと、なんだか胸がわくわくしてきて……。

そんな私に呼応するように、水色の目もきらきらと輝いた。

「黒こしょうをこんな風に仕上げとして直接砕き、上にかけるのは見たことがありません」

ただのベーコンエッグなのに、宝物を見るかのようにじっくりと観察している。そして、おいしそうに二口目に入った。

「本当にとてもおいしい。ピリッとした辛さはもちろんですが、なによりも香りがいい。ベーコンと一緒に食べ、歯で砕いたときがたまりませんね」

どうやら、黒こしょうをすごく気に入ってくれたようだ。次々と口に運ばれるベーコンエッグがあっという間になくなっていく。

そして食べ終わった彼はふぅと満足そうに息を吐いた。

「とてもおいしかったです」

とろりとこぼれる黄身を器用にベーコンですくって食べたようで、お皿の上はまっさら。

そして、私を見て、とてもうれしそうに笑った。

「ごちそうさまでした」

イケメンシロクマの目と目の間。鼻のところがくしゃっとなる。いつもは鋭い目も穏やかに細くなっていて……。

……なんかかわいい。

私より年上であるイケメンシロクマにこんな風に思うのは変だけど、なんだかとってもかわいい。

その笑顔が子供がするような、無邪気な笑顔だったから、思わず私も笑顔になってしまった。

「いえ、おいしく食べていただいてありがとうございます」

作ったのはただのベーコンエッグ。作る手間なんてほとんどかかっていないけど、やっぱりおいしいって言ってもらえるとうれしい。心がぽっとあたたかくなる。

笑い合えば、距離がぐっと近くなって……。

そうして、二人で笑っていると、ベーコンエッグのお皿がきらきらと光って消えていく。彼が持っていたフォークも。そして——

「え。なんか光って……」

「これは……」

——イケメンシロクマが輝きだした。

二品目　お食事フレンチトースト～お好みではちみつを～

おや？　イケメンシロクマの様子が……！

輝きだしたイケメンシロクマを呆然《ぼうぜん》と見る。

……進化が始まってしまったの？

びっくりしながら見つめていると、その光はゆっくりと空気に溶け、消えていった。

残ったイケメンシロクマはそのまま。とくに牙《きば》が伸びたり、羽が生えたり、爪が長くなったりはしていない。なんだ、そっか。

「ふむ」

光が消えた後、イケメンシロクマは不思議そうに自分の体を見回し、手を開いたり軽く握ったりしている。

そして、私を見て、ゆっくりと話した。

「少し確かめたいことがあるのです。付き合っていただいてもかまいませんか？」

「はい。それはもちろん」

なにかを確信したようなイケメンシロクマが私の返事を待ち、扉に向かって歩き出す。私もそれに続いて歩いていくと、どうやら、王宮の敷地内にある騎士団の訓練場へと向かうようだ。

道中で、なにか起こってもあまり気にしないで欲しいと言われ、騎士の詰所のような場所とグラウンドのようなものがある一画へと出る。

そこは騎士団の訓練場と言っても、思ったよりは大きくなくて、本部はまた別にあるらしい。

何人か騎士がいるが、とくに訓練をしているわけではなく、話したり遊んだりしているようだった。

「これはこれは！　元特務隊長殿ではありませんか！」

イケメンシロクマの後ろに立ち、きょろきょろと辺りを見渡していると、すごく大げさな感じで声をかけてくる一団がやってきた。

イケメンシロクマとは少し違うデザインの騎士服。紺色に銀の刺繍《ししゅう》が入ったそれを着ているということは、警備兵の人たちなのだろう。

その先頭に立っている金髪のおかっぱがイケメンシロクマに話しかけたようだ。

「こんなところまでわざわざどうされたのですか？　ここは騎士の場所です。聖女様の護衛の任を解かれたあなたがここに来る必要はないのですよ？」

鼻にかかった声。あごを上げ、イケメンシロクマに優しく諭すその声は嘲笑《ちょうしょう》を含んでいて……。

そんな金髪おかっぱの言葉に、周りにいた者も合わせて笑った。

「わざわざ北からいらっしゃって、令嬢のお守とは。聖女様もお喜びになるでしょうね」

そこまで言うと、金髪おかっぱはそれまでの優しい声音を捨て、ハッと鼻で笑った。

そして、イケメンシロクマを睨《にら》む。

「北の犬が。尻尾《しっぽ》を丸めてとっとと小屋に帰れ」

……わぁ。悪意全開だな。まさに悪意のかたまり。

しかも、気になる情報も耳に入ってしまった。イケメンシロクマの事情など一切知らなかったが、いろいろとあったようだ。

金髪おかっぱの話を要約すると、つまり、イケメンシロクマは元々は聖女様の護衛をするはずだったのだろう。

そのためにわざわざ『北』と呼ばれるところから来たが、なんらかのことが原因でその任は解かれてしまった。で、今は私の護衛をしている、と。そして、それはあんまり体裁のいい任務ではない、と。

金髪おかっぱの明らかに挑発的な態度。けれど、イケメンシロクマは涼しい顔でそれを聞き流していた。うん。まったく響いてない。

でも、金髪おかっぱはそんな態度が気に食わなかったようで、ぎりっと眉間《みけん》にしわを寄せた。

そして、イケメンシロクマに向けていた目を私へと向けて……。

「そっちの令嬢も国に帰ったらどうだ？　ああ、そうか帰れないんだったか」

響く嘲笑。リーダー格っぽい金髪おかっぱの声に、周りの者がバカにしたように笑った。

……あ？　勝手に召喚したのはそっちだよね？

そりゃ、私を呼んだわけではないだろうが、巻き込んだ側にだって責任はある。帰れなくしたのは、そっちじゃないのか。

……いらっとするな。めちゃくちゃいらっとする。

心のマッチがサッと擦られ、黒い煙が立ちのぼる。

けれど、その煙が大きくなることはなく、隣から感じる冷気であっという間に消火された。

「……この方を貶《おとし》めるのはやめてもらおうか」

低い低い声。うなるようなその声に空気がびりびりと震えた。

……寒い。なにここ、北極なの。

圧倒的威圧感。これを殺気と呼ぶんでしょうか……。

まともにそれを浴びれば、こわくて体が固まってしまいそう。

そのイケメンシロクマの殺気を吹雪《ふぶき》のごとく浴びた金髪おかっぱは、うぐっとうめく。

……あ、後ろで二人倒れた。

「……っ、なんなんだ、その態度は！」

「申し訳ありません。犬ですので。わかりやすく教えていただけますか」

殺気から逃れるように大声を出す金髪おかっぱに対し、イケメンシロクマはあくまで無表情。

明らかにイケメンシロクマの雰囲気に飲まれているが、それでも金髪おかっぱは精いっぱい嫌味に笑った。

「ああ！　しつけてやるよ！」

「それはありがたい」

イサライ様はここでお待ちを。

そう言って、イケメンシロクマが集団の中へと入っていく。

すると、そんなイケメンシロクマに向かって、木の棒が投げつけられた。

「いいか、これは訓練だ。訓練なのだからそれで十分だろう」

「ええ、かまいません」

金髪おかっぱの言葉にイケメンシロクマは鷹揚《おうよう》に頷き、木の棒を構える。

そして、イケメンシロクマを囲んでいた人たちは、腰に携えていた剣を抜き、構えた。

つまり、木の棒対真剣。一対十。うん。わかりやすく卑怯《ひきょう》！

「伏せを教えてやれ！」

金髪おかっぱが後ろのほうから指示を出す。どうやら彼自身が行くわけではなくその他の人たちがイケメンシロクマと対峙《たいじ》するようだ。

いや、あなたは行かないのか。

しかし、私の心のツッコミを言う人はおらず、イケメンシロクマに向かって行く。

そして、イケメンシロクマはそんな彼らに対し、木の棒を振り上げて――

「うぐぁっ」

「ぎゃぁ」

「ぐぇっ」

――振り下ろした途端、全員が倒れた。

……え。いやいや。いやいや？

あまりの展開に理解が追いつかない。それでもありのまま、起こったことを言うと。

イケメンシロクマが素振りをすると、周りの人が勝手に倒れた。

……うん。なにを言ってるかわからないね。

なんとなくイケメンシロクマのほうが強そうだなっていうのは、最初から思ってた。

イケメンシロクマの態度とか、殺気とか、木の棒でも余裕そうな表情とかで。

でも、こう一人一人打ち据えていくのかなって。こう一人一人いなしていくのかなって。まさか素振りしただけで、周りの人が全員昏倒《こんとう》するとは思わないよね。意味がわかんないよね。

なんで素振りしただけで、みんな倒れちゃったの？　気で殺す的なことなの？　覇気的なあれなの？

あっという間に決着はつき、残るは金髪おかっぱだけ。

「ひぃっ」

そして、彼は情けなくも悲鳴を上げた。

……うん。気持ちはわかる。

死屍累々《ししるいるい》。その真ん中に一人立つイケメンシロクマ。水色の目は鋭く、全身から殺気をみなぎらせている。圧倒的強者感。

「さあ、しつけてください」

そんなイケメンシロクマが金髪おかっぱに向かって、こいこいと左手の人差し指で挑発をする。

その行為にそれまで恐怖に染まっていた金髪おかっぱの目がキッと意思を取り戻した。そして、金髪おかっぱは顔を青くしたまま、それでもイケメンシロクマに向かって行った。

「くそっぉおおお！」

きっと自分の恐怖を消すためだろう。叫びながら、剣を振り下ろす。

イケメンシロクマは今度はそれをしっかりと木の棒で受け止めた。すると、ガキィンと金属のぶつかる音がして――

「ひぃぃぃいい」

その音をかき消すような金髪おかっぱの悲鳴。そして、ガンッという音とともに地面に剣の刃先が落ちた。……そう。刃先だけ。柄のほうは尻《しり》もちをついてしまった金髪おかっぱがまだ持っている。つまり、剣が刃先と柄に分かれてしまったということで……。

持っていたはずの剣は真っ二つ。ちょうど木の棒が当たったところでスパッと切れている。……え。切れてるっぽい。え。折れてるんじゃないの？　え。

「どうやら、粗悪品の剣だったようですね。出入りの武器商人を変えたほうがいいのでは？」

イケメンシロクマが低い声で話す。

それに対し、金髪おかっぱは、家宝の剣が、家宝の剣がと繰り返し、呟《つぶや》いていた。

「今日は手合わせをしていただきありがとうございました。また新しい剣を手に入れたら、お知らせください。いつでも鑑定いたしますから」

どこまでも無表情に話を終わらせ、イケメンシロクマは金髪おかっぱに背を向けた。

――しっているか　シロクマは　きのぼうでけんをきる

戦慄《おのの》く私にゆっくりとイケメンシロクマが近づいてくる。その姿にはもう殺気は感じられない。寒くはないし、こわくもない。

「耳障りな音を聞かせてしまい申し訳ありません」

低い声が響き、では参りましょうと騎士の詰所へと導かれる。

詰所の中にいた騎士たちは金髪おかっぱたちが倒れる瞬間を見たわけではないようだが、今なお倒れたまま放置されているその惨状を目の当たりにして、頬を引きつらせていた。

明らかにみんな引いているが、それでもイケメンシロクマは無表情に事を運んでいった。

「こちらがイサライ様です。これから王宮の中を歩くこともあるかと思い、お連れしました」

「あ、ああ」

「イサライ様、こちらが主に王宮の警備を担当されている警備隊長殿です」

「はじめまして」

「あ、あ」

「イサライ様のことは警備にあたる騎士によく伝えておいてください。決して軽んじるような真似はしないよう、イサライ様の行動を尊重するようにと」

「わかっ、た」

警備隊長という六十代ぐらいの人を紹介され、無難に挨拶《あいさつ》をする。でも、その声は震えていた。

……まぁ仕方がない。イケメンシロクマがすごい目でその人を見下ろしているからな。

目の奥が優しい……なんて思ったけど、彼はちょくちょく北極になる。かなり北極。

そうして、引きつる騎士たちとの挨拶を終え、また部屋に戻ってくる。

なんだかすごい光景を見たことと、知らない人ばかりだったことに疲れて、ふぅと息を吐きながらソファに座ると、すかさずイケメンシロクマは私の前で片膝《かたひざ》をついた。

「騎士たちが失礼なことを言いました」

申し訳ありません、と胸に手を当てて頭を下げる。

うん。この姿はさっきも見た。こちらでの謝罪するときのポーズなのだろう。

でも、イケメンシロクマが謝るようなことじゃない。だから私はそれに急いで首を横に振った。

「いえ、謝らないでください。確かにあの言葉にいらっとはしました。けれど、こてんぱんにしてくれたんで、今はスッとしていますし」

そう。今、胸の中に黒い感情はない。

きっと、イケメンシロクマが驚くほどの早業でボッコボコにしてくれたおかげだ。

「すごく強かったです。強すぎて私には理解が及ばない感じでしたけど」

本当に。こうして部屋に帰ってきて落ち着いてみても、やっぱりなにもわからない。

なんでみんな素振りで倒れたんだろ。なんで木の棒で剣が切れるんだろ。

謎しかない。

「そうです。さきほどはそれを確認したくて、騎士の元へ行ったのです。イサライ様の作ってくれた食事を食べた後、急激に体に力が湧き上がるのを感じました。体の中心から熱があふれるような」

イケメンシロクマは顔を上げ、水色の目で私を見る。

「これまではイサライ様が外出される機会はほぼありませんでした。ですが、これからはいろいろと出向きたいところもあるかと。ですから、騎士に顔を通しておけば、イサライ様も行動しやすくなり、騎士たちもマジメに警備をすると思ったのですが……」

イケメンシロクマの語尾が濁る。

なるほど。イケメンシロクマは自分の体の変化を知るために誰かと手合わせがしたかった。

そして、王宮を警備している騎士たちに私の顔を知ってもらうために、一緒に行くことにしたのだ。それが私のためになると思って。

「まさかイサライ様にまで口さがないことを言うなど……。同じ騎士として恥ずかしい限りです」

そして、今、それを後悔しているのだろう。私を連れて行かず、一人で行けばよかった、と。

……本当に優しいな。

少しだけ下がった眉尻《まゆじり》。いつも無表情なのにこんなときには少しだけ表情が変わって……。だから、水色の目に大丈夫だよと笑いかけた。

「いえいえ、私はついて行ってよかったですよ。すごくかっこいい姿も見れましたし」

「……そ、う、ですか」

「はい。たくさんの人がいたのに、まさか一振りで全員倒すなんて思ってもみませんでした」

すごかったです、と感想を伝えると、イケメンシロクマはちょっとだけその目を泳がせた。

けれど、すぐにまた冷静な顔に戻り、ふむ、と考えるように頷《うなず》いた。

「あれは私も不思議でした。体の中心からあふれ出る熱を素振りとともに外へ放出してみれば、昏《こん》倒《とう》したので」

「え。あの現象ってもしかして初めてですか？」

「はい。普段の私であれば、一人に対して一振りは必要ですね」

いや、普段でも一人に一振りでいいのか。

「それに、木の棒で剣を折ることはできますが、今回は折るというよりも、切るというほうが正しいような感触でした」

「あ、やっぱりあれって切れてたんですね」

すごいな、と無責任に感嘆する。さすがイケメンシロクマ。さすシロ。

けれど、そんな風に他人事だと思っている私に、イケメンシロクマは低い声で告げた。

「どうやらイサライ様の作る料理には不思議な力があるようです」

「不思議な力、ですか」

全然自分とは関係ないと思っていたのに、まさかの通告。戸惑う私にイケメンシロクマはしっかりと頷いた。

「食べると強くなる」

「たべるとつよくなる」

それ、なんていうほうれん草の缶詰。もしくはきらきら輝く超星。

「どれぐらい効果が続くのかはわかりません。ただ明らかに身体能力が上がり、気を放出するようなものも使えるようになっています」

「……えっと、普通はごはんを食べてもそんな風にはならないってことですよね」

「はい。人に能力を与えるようなスキルはほとんどありません。イサライ様の料理はその人の持つ力を大きくする効果があるのではないかと」

イケメンシロクマは一度そこで言葉を途切れさせた。そして……。

「イサライ様」

イケメンシロクマが鋭くも優しい水色の目で私を見る。

……はいはい！　なんかこの展開、ちょっと前に体験した気がします！

ですよね！

「このことは内密にしたほうがよろしいかと」

イケメンシロクマの言っていることはよくわかる。だって、食べるだけで強くなるなんて、利用価値がありすぎる。それが大々的に広まれば、私の意思なんか関係なく、延々とごはんを作ることになるだろう。

もちろんポイントはためたい。

たとえそれが誰かに強制されて作ったごはんだとしても、ポイントがたまるなら、それはそれでいいのかもしれない。

でも、私が掲げている理念はそういう恐怖料理ではない。

私がしたいのは自分の、自分による、自分のための料理！

なので、イケメンシロクマの進言に肯定の頷きを返した。

「スキルのことと合わせて、こちらのことも隠しておこうと思います。そもそも、人に振る舞う機会なんてそんなにありませんしね」

そう。要は私の作ったものを人に振る舞わなければいい。

そして、現在の私には知り合いがいないわけで、親しくもない人にごはんを食べてもらう機会なんて滅多にないはずだ。

というわけで、隠すこと自体はそんなに難しいことではないと思う。

「この世界のことをもっと知り、自分がどう動きたいのかを考えてみます。そうすれば、スキルをどう扱っていけばいいのかもわかると思うので」

一週間、部屋に籠《こも》りきりだったから、この世界どころか、王宮についてだってわからないことばかりだ。現に警備兵にはあんまりよく思われてなかったみたいだし。

だから、慎重に動く旨を伝えると、イケメンシロクマはその水色の目をまぶしそうに細めた。

そして、そっと私の右手を取る。

「私はイサライ様を守り、その心に添えるよう努力いたします」

手に触れるか触れないか。ぎりぎりのところにそっと唇が寄せられる。そうして、顔を上げた彼の水色の目はまっすぐで……。

なんという騎士感……！　そんな騎士っぽい仕草で、騎士っぽいことを言い、騎士っぽい視線を向けられると、なんというかもう、騎士だよね。騎士だからね。

「……ありがとうございます」

こういうとき、どんな顔をすればいいかわからないな。笑えばいいのかな。

まさに異世界オブ異世界。

なので、曖昧《あいまい》に微笑《ほほえ》みながらお礼を言うと、イケメンシロクマがふっとやわらかく笑った。

それはごはんを食べたときの無邪気な笑顔とは違う。ああ、私より年上なんだなっていう。なんかそんな感じの笑顔。

その笑顔に私の体はピキッと固まってしまって……。

イケメンシロクマこわい。私を氷漬けにしてくる。こわい。

固まっている私からイケメンシロクマがそっと手を離す。でも、その目は私を見つめたまま。

「実はイサライ様は祖国を追われた令嬢として、王宮内では知れ渡ってしまっています」

「え」

イケメンシロクマは第二波を放った！　こうかはばつぐんだ！

呆然《ぼうぜん》とする私にイケメンシロクマは、現在の私の置かれている立場を話してくれた。

そうして聞いた話はなんだか物語のようだった。あまりに自分の境遇と違いすぎて、まったくピンと来ないのだ。

まず、私が異世界から来たことは機密事項として、数人しか知らないということ。

今の私は遠くの国から留学に来た令嬢ということになっていること。外交上はほぼ関わりのない国の出身で、私はあちこちの国の縁を頼り、ここにたどり着いたのだ、と。

「遠い国から来た令嬢、それだけでした。けれど、イサライ様が数日、部屋にいる間に話は変わってしまいました」

「……ああ」

イケメンシロクマの説明になるほど、と声が漏れた。

この国に来て早々、部屋に引きこもり出てこなくなった私。

貴族の令嬢であるならば、使用人の一人ぐらいは連れていそうなものなのに、誰もおらず、一人きりだった。しかも、王宮の端の端の部屋しか与えられていない。ということは、この国にとって重要な位置にはいないのだろう、と。

そして、その事実の積み重ねは勝手な憶測を呼び、気づけばそちらが定着してしまった。

この国に来たのは散々悪事を重ね、祖国にいられなくなったから。婚約者がいたらしいが、その縁も切れた。他の国でもやらかして、結局、なんの関係もないこの国に来るしかなくなった。この国としては祖国へ送り返したいところだが、それもまた面倒で、仕方なくここに置いているのだ、と。

すごいな。驚きの転落人生。

性格が悪く、恋に破れ、たらい回しにされ、この国にとってはいらない子。タダ飯食らいの居候。

それが私！

「……それで、さっきの人たちはあんな感じだったんですね」

理解した。めっちゃ嘲笑《ちょうしょう》されたもんね。

そっちが召喚しといてなんなんだ！　と思ったけど、あっちにしてみれば置いてやっているという感覚だったのだろう。

……うん。そりゃ金髪おかっぱみたいな態度になる。うちの国に迷惑かけんな、みたいな気分に。

「彼らはイサライ様に悪意があったというよりは、私に対してのものだと思います。イサライ様の話はすべて根拠のない話です。これまではイサライ様自身のことが気にかかっておりましたので、そちらに集中し、あまり手を出せませんでしたが、これからはそのような噂は……」

イケメンシロクマが一度言葉を止める。そして息を吐くように自然に呟《つぶや》いた。

「消します」

その瞬間、水色の目が光って……。

……見てない。私はなにも見てない。

「あ、そういえば、あの騎士たちが北とか犬とか、聖女様の護衛の任がどうとか言ってましたけど」

あやしく光る水色の目を見なかったことにして、金髪おかっぱが言っていたことへと話題を移す。

いろいろ一気に情報が入ってきてるし、ついでに気になることはぜんぶ聞いておきたい。

そう思って、口に出せば、イケメンシロクマはそれに頷いた。

「はい。私は元々は北の魔獣の森にある騎士団に務めておりました」

「……魔獣の森に？」

「そうです。聖女様の結界があるといっても、それだけに頼るわけにはいかない。結界は王宮で保管している魔具に聖女様の魔力を注ぎ込むことで作られます。魔力は常時、注ぎ込まなくてはならないものではなく、一度注ぎ込むと、しばらくはそのままで結界が維持できる仕組みになっています。現在の結界は二十年程前に魔力を注ぎ込まれたのが最後です。現在は少しずつ弱くなっており、いつまで持つかはわからない。想定外ということはいつでも起こります。ですので、そこで魔獣の数を減らすために働いておりました」

そっか。この国も魔獣のことはぜんぶ聖女に任せちゃえと丸投げしているわけではないらしい。二十年前が最後、と聞くとかなり昔のことのように感じるし。

うんうんと頷くと、イケメンシロクマは話を続けた。

「我らは北の騎士団と呼ばれています。人間ではなく魔獣を相手にするため、他の騎士団とは毛色が違います。ですので、犬と呼ばれ、こういう由緒正しい騎士が多い場所では厭《いと》われることが多いのです」

「それで、北の犬とか、小屋とか言って絡んできたんですね……」

「ええ。私は聖女様を守る特務隊の隊長として、この王宮へとやってきたのですが、それが許せなかったのでしょう。王宮に務めている騎士からすれば、突然、北の犬が自分たちの上司だと言われ、反感を持つのも無理はない」

イケメンシロクマは特になにかを気にした様子もなく、淡々と説明をしてくれる。でも、聞いている私のほうはびっくりだ。

……聖女様を守る特務隊。その隊長ってすごいのでは？　わざわざ北の騎士団から呼び寄せて、トップにするなんて、本来なら大出世だったのでは……!?

「私は自ら特務隊長の座を下りました。……聖女様とは別に召喚された方がいると聞き、その方を守りたいと思ったのです」

驚いている私を見る水色の目。そこに悔しさや悲しみなど一切感じなくて……。

「我ら北の騎士団は常に魔獣と相対し、その力に圧倒される日も多い。聖女様の力がどれだけ私たちの力になっているか、日々実感しているのです」

「……でも、私は聖女ではないです」

そう。私は聖女ではない。本来なら彼が膝《ひざ》をつく相手は私ではなく、あの女子高生なのだ。

「今からでも、その任務に戻ったりできませんか？　私は大丈夫ですから」

……水色の目はまっすぐ。だから、自然とその言葉が出ていた。

こうして私の護衛になった以上、今更特務隊長に戻ることが難しいのはわかる。

でも、聖女様の護衛である特務隊長だったはずが、今では追放された令嬢のお守をしてるなんて……。それは周りから見れば左遷と変わらない。彼がなにか問題を起こしたと思う人も多いはず。

「いいえ。私はこの場所がいいのです」

それなのに、イケメンシロクマは私の言葉をはっきりと否定する。

「……初めてあなたの笑顔を見たとき、この任務でよかった、と」

その水色の目が優しくて……。

「あなたの笑顔をまた見たい」

少しだけ笑ったその顔は一気に色気が増していて……。

さすがイケメンシロクマ。その名に恥じぬ、凍らせっぷり。また私は凍ったよ。うってなって息がうまく吸えないよ。きっとスキルに『氷漬け』があるに違いない。

固まる私と片膝をついているイケメンシロクマ。その不思議な空気を破るようにコンコンと扉がノックされた。

これは食事が用意された合図。どうやら、イケメンシロクマといろいろしているうちに昼食の時間になったらしい。

「あ、昼食ですね」

「そのようです」

「食べてきます」

「はい」

そのノックにこれ幸いと氷漬けだった体を動かし、ソファから立ち上がる。

すると、イケメンシロクマも立ち上がり、二人で部屋の外へと出た。そして、隣の部屋へと移動し、扉の前でイケメンシロクマと別れる。イケメンシロクマは廊下側の扉で待機。

そうして、部屋を見ればそこには昼食が準備されていて……。

「うん。ここ数日まったく同じメニュー」

部屋には四人ぐらいは座れそうなテーブルに椅子が二つ。

そのテーブルの上には今日の昼食が並べられていた。

パンと野菜のスープ。これは朝食と同じ。違いは昼にだけカッテージチーズとはちみつがついてくる。これがここしばらくの昼食。ほぼいつも同じ。

「……やっぱり冷遇されてるんだろうな」

たぶん。きっと。

さっきイケメンシロクマに聞いた話だと、私にはよくない噂があるようで、王宮に勤める人もやる気がないのだろう。

初日は温かいスープだった気がするが、今、目の前にあるスープはすでに冷めていてぬるい。

パンも焼きたてのものではなく、あきらかに作ってから日数が経ったものだ。

形状や味としてはフランスパンに近いのだけど、日数が経っているから味がかなり落ちてしまっている。

もちろん、フランスパンなのだから多少は日持ちはするわけで、焼きたてじゃないことは仕方がない。けれど、やっぱりね。やっぱり、もうちょっとおいしく食べたい！

パリッとした皮にしっかりと立ったクープ。ふんわりとした中身には大きな気泡が入り、手でちぎれば小麦の香りが。

……食べたいな。なにもつけなくてもおいしいフランスパン。

今、目の前にあるのは確かにフランスパン。

サイズや形的にはバゲットと呼ばれる、細長くて先端から中央まですぐのもの。

これは日にちが経つと、皮のパリッとした食感はなくなり、非常に噛《か》み切りにくくなる。そして、小麦の香りが激減し、中身は水分が飛び、もしゃっとした食感になってしまうのだ。

ここ最近はとくになにも考えずにその昼食をとっていた。

食べられないわけじゃない。朝食と比べて、昼食はカッテージチーズやはちみつがついているから問題ないしって。

でも、今は違う。私にはスキル『台所召喚』がある……！

これさえあればむちぃっと噛み千切って、もしゃもしゃと吸われていく水分に苦戦しながら咀嚼《そしゃく》する必要などないのだから！

問題はこの食材を台所に持って行けるのかどうか。やってみるしかない。

なので、さっそく試そうと、パンの入った小さなかごにカッテージチーズとはちみつも入れた。

そして、かごを手に持って、スキル発動！

「『台所召喚』」

すると、体が台所へとワープする。

「わ！　やった！　持ち込める！」

そして、手元を見れば、小さなかごにはちゃんと食材が入っていた。

つまり、この台所は持ち込みOK！　すごい！　私のよく行くカラオケ店より優しい！

なんかもう、本当にありがとう……。

ささやかな調理台に食材の入ったかごを置き、その辺りをすりすりと撫《な》でる。

「よし。じゃあパンをおいしくする！」

気合を入れてさっそく作ろう！

今、私が持っている食材は卵とベーコン。

イケメンシロクマに黒こしょう多めのベーコンエッグを作ったから、そのポイントもたまっているはずだし、新しい食材を足しても大丈夫だろう。

そんなわけで、液晶へと行ってみれば——

「増えてる！」

いや、それはわかってたんだけど。

「なんか新しい感じ……」

そう。なんか新しい。液晶にはこう表示されていたのだ。

『ベーコンエッグ（アレンジ）作製　１５０pt《ポイント》』

「増えてる、けど減ってる」

ポイントとしては増えているけど、ベーコンエッグ作製としては減っている。

最初に作ったときはベーコンエッグ作製は２００ポイントだったんだよね。それが、１５０ポイントになっている。

「アレンジっていうのは黒こしょうかけたから？」

え。それで50ポイントも減ってしまうの？　アレンジっていうほどのアレンジでもないし、そもそも黒こしょうがデフォでもいいぐらいなのに？

そして、前回はあった『はじめての～』というのはやはりなくなっていた。やっぱり初回限定のボーナスだったのだろう。

それもまあいい。毎回もらえるポイントではないことはわかっていたし。

だから、気になるのは、ベーコンエッグ（アレンジ）作製とは別に、もう一つ新たに表示されているもので……。

『騎士の笑顔　2000pt』

……騎士の笑顔。

その言葉に思い出すのは、ベーコンエッグを食べて、とてもおいしいと無邪気に笑ってくれたあの笑顔。

うん。これはやっぱりイケメンシロクマの笑顔のことを指している気がする。

「……つまり、イケメンシロクマが笑ってくれたら2000ポイント」

『騎士の笑顔』。表示されているその文字列をじっと凝視してしまう。

ベーコンエッグを作るだけなら200ポイント。それをイケメンシロクマに食べてもらうだけで2000ポイントになる。十倍。十倍になる……！

それに気づいた瞬間、私は液晶から離れ、調理台に載っていた食材の入ったかごを手にした。

そして、唱える！

「『できあがり！』」

すると、食事を食べる部屋へとワープした。

ごはんが完成しないと戻ってこれないかと思ったが、そういうことはないらしい。それに安心しながら、廊下に繋《つな》がる扉へと向かった。

「あの」

扉を開ければ、そこにはイケメンシロクマ。

私の顔を見つめ、私の言葉を聞こうと耳を傾けてくれている。

「今から台所に行こうと思うんですけど」

その水色の目をじっと見上げた。

「一緒に食べてくれませんか？」

ぜひ！　ぜひに！

そんな私の言葉に、イケメンシロクマは驚いたように少しだけ目を大きくした。

まあ突然言われたら驚くだろう。なので、なぜイケメンシロクマにごはんを食べて欲しいかを説明した。

あのね。ポイントがたまるんです。

「つまり、私がイサライ様の料理を食べると、ポイントが増え、イサライ様のスキルが強くなるというわけですね」

「はい。たぶんですけど」

イケメンシロクマに説明しながら、その水色の目をじっと見上げた。

断られても仕方ない。でも、朝はあんなに目を輝かせてくれたから、もしかしたら、いい返事がもらえるかもしれない、と。

すると、イケメンシロクマはぽつりと呟《つぶや》いた。

「……それは都合がいいな」

ですよね！

「すみません。図々しかったです」

その呟きに潔く謝る。

確かにポイントがたまるから食べてくださいだなんて、私の勝手な都合だ。

ベーコンエッグはスキルを実際にその目で見るというちゃんとした理由があった。

目が輝いていたのも、そっちが理由でごはん自体に興味はなかったのかもしれない。

よく知らない女のよく知らないごはんを食べて欲しいと言われても、イケメンシロクマも困るだろう。

ポイント自体はごはんを作るだけでも少しずつたまるわけだから、さらっと謝ってなかったことにしてしまおう。

だから、すぐに謝ったのだけど、イケメンシロクマはそれにすぐ首を横に振った。

「申し訳ありません、誤解させてしまいました。私が都合がいいと言ったのはイサライ様にとってではなく、私にとってなのです」

……イケメンシロクマに都合がいい？

よくわからなくて首を傾げれば、イケメンシロクマはゆっくりと頷《うなず》いた。

「私がおいしい料理を食べられるだけでなく、イサライ様の役に立てるのならば、これほど素晴らしいことはない、と」

最高かよ。とイケメンシロクマの心から聞こえた気がした。

「作っていただいた料理はとてもおいしかった。これからもイサライ様の負担にならないのであれば、ぜひ」

「負担だなんて。食べてもらえるなら、本当にうれしいです」

イケメンシロクマの水色の目が輝いて、それにほっとして笑う。表情はあまり変わらないけれど、その目はとても感情豊かだ。

そもそも、私が食べたときにポイントがついてくれれば、イケメンシロクマにお願いする必要はなかったんだけどね。

なんで、『騎士の笑顔』はあるのに『ＯＬのはにかみ』はないんだ。それにも２０００ポイントぐらいくれ。

「それにしても……イサライ様。食事はいつもこのようなメニューだったのですか？」

そうして、私としてはいい具合に話が進んだわけだけど、イケメンシロクマは私の手元にあるパンが入ったかごとテーブルに載っているスープを見て、ゆらりと殺気立った。

寒い。また北極になってる！

「普通に食べられるし、問題はないですよ」

「いえ、申し訳ありません。もっと早く気づくべきでした」

イケメンシロクマは私の食事に対して思うところがあるようだ。

彼は基本的には部屋に入らず、扉の外で待機しているから、私の食事内容を見ることはなかった。

どうやら、この殺気具合を見るにあまりいいメニューじゃなかったようだ。うん。まあ、そうだろうとは思ってた。

「侍女たちには話をしておきましょう」

口調にもその言葉にも不穏なものはない。

でも、水色の目が冷たく光っている。寒い。ドライアイス。

「あの、食事のメニューが変わるのはうれしいのですが、それはそれとして、昼や夜は食材をいただくことはできませんか？」

「食材ですか」

その寒さを和らげるため。そして、せっかく侍女に話をしてくれるのならば、お願いしたいことがある。

そんな私の言葉にイケメンシロクマが首を傾げ、私はそれにしっかりと頷いた。

「どうやら私のスキルはこちらのものも持ち込めるみたいなんです。なので、こちらで手に入るものならそれを使いたいな、と」

「なるほど。……でしたら、市場に行ってみるのはどうでしょうか」

「市場ですか？」

「はい。私はイサライ様の世界とこちらの世界とで、どれだけ食材に差があるのかがわかりません。ですので、イサライ様自身の目で見て、欲しいものを購入していくという形がいいかと」

「いいんですか！」

行きたい。市場、すごく行きたい。

「では、これからの食事についてはまた考えましょう。毎日作るのは大変でしょうから、そこは王宮の食事を召し上がっていただいて、余裕があるときにイサライ様が作れるよう配慮いたします」

「はいっ、ありがとうございます」

イケメンシロクマの心配りがすごい。

ポイントをためるために自分で作りながらも、疲れたときは王宮のごはんを食べることもできる。

ありがたい。ありがたすぎて心が弾んじゃうよね。

「では、作ってきますね」

「はい。では扉の外で待機しております」

うれしくなって笑うと、イケメンシロクマも目を細くして笑ってくれた。

そして、そのまま礼をして廊下へと出て行く。

これからもイケメンシロクマがごはんを食べてくれるなら、ポイントも早くたまるだろう。

彼ならスキルのことを隠してくれるし、食べると強くなることもわかってくれている。とっても安心安全だ。

「『台所召喚』」

弾む心はそのままに、もう一度パンを入れたかごを持って、台所にワープ。

そして、それを調理台へ載せると、液晶に向かい、ポイント交換をした。

「卵はまだある。ベーコンは最後の一パック。で、今から使うものは……」

まずは食材の追加。牛乳。終わり。

そして、調理器具は計量カップとボウルの大きいのとフライ返し！

「あ、あと、途中で調理器具を洗うこともあるだろうから、食器用洗剤とスポンジも交換しておこう」

皿洗いや片付けは必要ないと言っても、調理中に洗わなきゃいけないときはあるからね。

そうして、ポイント交換が終わると辺りが白く光った。

日にちが経って味が落ちたパンをおいしくする！

「よし。作ろう！」

まずはいつも通り、しっかり手洗い。そして、新しく手に入れた調理器具をこれまた新しく手に入れたスポンジで洗った。

店で購入したわけではないから、洗う必要はないかもしれないけど、一応。なんかそのほうがしっくりくるからね。

そして、水気をさっと拭《ふ》き、さっそく調理開始！

まずはボウルに卵を割り入れ、計量カップで牛乳を量る。卵の重さよりも少し多めぐらい。

この卵と牛乳の比率はレシピによっていろいろあって、だいたい同量から二倍ぐらいまでが多いかな。

しっかりたまご感があるものなら卵を多めに。やわらかくてミルク感があるものなら牛乳を多めに。今回はちょうどその間ぐらいだ。

そして、白身を切るようにしっかりと混ぜ合わせれば、あっという間に卵液が完成！

そう。私がこれから作るのはフレンチトースト！　固くなったパンの救世主！

ただ、フレンチトーストは卵液をパンに染み込ませようとすると時間がかかる。一晩つけておくというレシピも多い。

だけど、私は思い立ったら、即フレンチトースト派なので、翌日まで待てない。

というか、前日は仕事で疲れて寝てることのほうが多かった。翌朝のために仕込んで寝ればいいんだけど、できないんだよね……。

でも、休日の朝はなんかやる気が出る。だから、すぐに卵液が染み込むレシピは本当に重宝している。

卵液は最初に温めておくと、パンに染み込みやすくなるのだ。

「最初に考えた人ってすごいよね」

本当に。卵液を温めるとパンにすぐ染み込むと最初に考えた人は誰なのか。そもそも、卵と牛乳をパンに浸して焼こうと考えたのは誰なのか。

料理にはそんな不思議なアイディアがごろごろ転がっている。

私はそれを享受し、おいしいものを食べる立場の人間なので、とても尊敬している。この世には料理の神様がいっぱいいる。すごい。

そんなことを考えながら、卵液を電熱器の上に置いてあるフライパンへ流し入れる。そして、電熱器を弱火へと合わせた。

そうして、少しずつ温まる卵液をぐるぐるとかき混ぜていく。あまり火が強いと温かくなりすぎて、固まってプリンになってしまうので要注意だ。

「電子レンジ欲しいな……」

そう。いつもならもっと手軽に電子レンジで温めてしまうのだ。

やっぱり、電子レンジは便利だし、欲しい。がんばってポイントためよう。

ぐるぐると混ぜながら、今はなき電子レンジに思いを馳《は》せる。

そうして、ぐるぐるかき混ぜるうちに、ようやく電熱器からフライパンに熱が伝わり、卵液もゆっくりと温まっていく。

手をかざして、温かさがわかるようになったところで、電熱器を切った。

そして、その卵液が入ったフライパンにフランスパンを入れていく。

フランスパンは切ってあったので、そのまま並べるだけだ。２㎝ぐらいの厚さのななめ切りが四枚。それを温まった卵液に並べた。

「おお。吸ってる吸ってる」

あっという間と言うほどではないけれど、それでも浸したところからゆっくりとパンに卵液が染み込んでいく。

本当ならステンレスのバットなどにパンを並べて、そこに卵液をかければいいんだけど、フライパンで直接やってしまう。

片面にあらかた染み込んだらひっくり返して、反対側も。

卵液が少なくなってくるので、フライパンを傾けて、できるだけつかるようにパンの位置を入れ替えたり、少しパンの表面を押して、卵液が入りやすいようにしたり。

「うん。もういいかな」

だいたい液が染み込んだところで、ボウルにパンを取っていく。菜箸《さいばし》でも取れそうだけど、せっかくフライ返しを手に入れたので、菜箸とフライ返しを使って、ボウルへと移した。そこに少しだけフライパンに残っていた卵液をかける。

これでフライパンは空になった。なので、流しで洗い、きれいにした後、もう一度電熱器でフライパンを温めていく。

「最後のベーコン」

そして、温まったところで、最後の一パックのベーコンをフライパンへと並べた。

しっかりと温めたフライパンの上でベーコンからジュジュッとおいしそうな音が鳴る。このベーコンはベーコンエッグのときより、さらにしっかりと焼いてカリカリにしていく。

もういいんじゃないか。いやもうちょっと。いやもういける。いやもうちょっと！

ベーコンがパチンパチンと音を立て、それに焦らされながらも、カリカリになるまでしっかり待つ。

そうやって自分と戦いながらできたベーコンを取り出そうと、フライパンを持ち上げた。

すると、調理台が光って――

「いや、もう惚《ほ》れそうだよ……」

ベーコンのためのお皿が出てきた。

ナイスアシスト、私の台所。感動しかない。

しっかり補佐をしてくれる台所に感謝しながら、お皿にベーコンを取っていく。

そして、ボウルに入れていたフランスパンを見れば、最初よりかなり大きくなっていて……。

「よし、しっかり染み込んだ」

卵液がしっかりと染み込んだパンは色を変え、ずっしりと重くなっている。そんなパンを崩れないように、フライ返しを使いながら、ベーコンの油が残るフライパンへと移した。

弱火で片面ずつ。蓋《ふた》をしてしっかりと。

フレンチトーストの中まで火を通すのはそれなりに時間がかかる。なので、その間に片付けをしたり、台所の設備をもう一度確認したりして時間を潰《つぶ》すことにした。

「これって一度戻るとなくなっちゃうのかな？」

ちょっとこわいよね。調理中に戻った場合、それも全部片付いてしまったら……。

それなりに時間がかかるものを作る場合は、ずっと台所にいるより、行ったり来たりできたほうがいいんだけど……。

「今度、試さないと」

うん。今やるとなけなしのパンがなくなってしまうからね。

消えてもいいというものを消えてもいいタイミングで用意して、一度試してみなくては。

「そろそろかな」

そうしているうちに、いい具合になってきた気がする。

フライパンの蓋を取れば、そこにはふっくらと膨らんだフレンチトースト。

蓋を取ると、温度が下がり、ふくらみがゆっくりと縮んでいく。これが中までしっかりと火が通ったサイン！

そのサインを見逃さず、電熱器からフライパンを外す。

こんがりと焼けた両面がとってもいい色だ。

いい焼き上がりににんまりと笑うと、調理台が白く光る。そして現れたのは……。

「おお……お皿も二枚用意してくれてる……」

もう、ここまで来たら、惚れるしかない。

とくになにかしているわけではないが、調理台にはちゃんと二枚のお皿が現れた。

私とイケメンシロクマの分。私の心をすごくわかってくれている。

「じゃあ、最後に盛り付けをして……」

その二枚のお皿に焼きたてのフレンチトーストを並べていく。そして、その上にカリカリベーコンを載せた。

さらに持ち込んだカッテージチーズをたっぷりと載せて、仕上げに黒こしょうをゴリゴリ削れば完成！

――お食事フレンチトースト！

「『できあがり！』」

そうして、台所から戻ると、すぐにコンコンと扉がノックされる。

さすがイケメンシロクマ。気配察知の格が違う。

「はい、どうぞ」

朝はびくぅとしてしまったけれど、イケメンシロクマの強さを見た後だから、今度は驚かない。

なんと言っても、イケメンシロクマは木の棒で剣を切る男。格が違う。わたし、しっている。

なので、すぐに返事をすると、イケメンシロクマが室内へと入ってくる。そして、私の手にあるフレンチトーストを見て、目をきらきらと輝かせた。

「それが、あのパンですか？」

「はい。フレンチトーストって言う食べ物なんですけど、味はえっと……食べたほうが早いですね」

うん。私の少ない語彙《ごい》を使って説明するよりも、食べてもらったほうが早い。

なので、どうぞどうぞ、と席を勧めて、テーブルの上に二枚のお皿を載せ、カトラリーを並べる。

基本的に一人で食べることが多いので、同じメニューが二つ並んだその姿はなんだかくすぐったい。思わずにやっと笑ってしまって……。

「……あ、すみません。忘れ物しました」

椅子に座ろうとしたところで、ふとあるものがないことに気づく。

一人で笑ってる場合じゃない。

「忘れ物ですか？」

「はい。フレンチトーストにかかせないものなので、ちょっと行ってきます。『台所召喚』」

イケメンシロクマに一言断ってから、もう一度台所に戻る。

すると、そこに目的のものがちゃんとあった。

「よかった。片付いてたらどうしようかと思った……」

調理台の上にあるのはここに持ち込んだパンのかご。

それを覗《のぞ》き込めば、黄金色に輝くはちみつがガラスの入れ物に入っていた。

「そっか。持ち込んだものはきれいになってないし、片付いてもいない」

調理台を見れば、ポイント交換で手に入れたものはピカピカになり、きれいに片付けられているが、パンのかご、カッテージチーズの入っていた器、はちみつはそのままの状態で置かれていた。

「つまり、持ち込んだものは私がなんとかしないといけないってことか」

管轄外です。と台所から声が聞こえた気がした。

なるほど、わかります。縦割りですね。はい。

「とりあえず、戻ろう。『できあがり』」

調理台の上に残っていたものを両手で持ち、台所から部屋へと戻る。

イケメンシロクマはじっと待ってくれていたようで、私が椅子に座ってから、ようやく自分も椅子に座った。

「では、いただいてもよろしいですか？」

「はい。どうぞめしあがれ」

二人で椅子に座ってすぐにイケメンシロクマが声をかけてくる。あまりにもその水色の目がきらきらしているから、ちょっと笑ってしまう。

私の言葉を合図にイケメンシロクマはきれいな手つきでナイフとフォークを手に取ると、フレンチトーストにそっと切り込みを入れた。

するとイケメンシロクマは驚いたように声を漏らした。

「すごい……あの固いパンがナイフで簡単に……」

「パンに卵と牛乳を染み込ませてあるんです。皮は弾力がありますが、中身はふわとろですよ」

「ふわとろ」

イケメンシロクマが妙に真面目に『ふわとろ』とか言うから、また笑ってしまう。なんて北極と似つかわしくない単語。殺気立つイケメンシロクマは『ごっかん』だもんね。

「これはベーコンと一緒に食べたほうがいいのですか？」

「そうですね。パンだけだと塩気がないかもしれないので、ベーコンやカッテージチーズを載せて一緒に食べてください」

「はい」

一口分に切り取られたフレンチトースト。

黄色く、たまご色になったパンに茶色の焦げ目。そこにカリカリのベーコンとたっぷりのカッテージチーズが載っている。

イケメンシロクマはそれを器用にフォークで取ると、ゆっくりと口へ運んだ。

「……うまい」

やっぱり敬語じゃないそれ。

その言葉が、まっすぐにイケメンシロクマの感情を伝えてきて……。

じっとフレンチトーストを見つめる目はおいしさのすべてを探るように、きらきらと輝いていた。

「やわらかいけれど、すぐに崩れてしまうわけではないんですね。もっと水分を多く含んだパンを想像していました。これはやわらかいけれど、しっかりと食べている感触があります。パン粥《がゆ》などとはまったく違うものなのですね」

「そうですね。卵にしっかりと火を通すので、水っぽくなるわけではないんです。パンの卵焼きって言うのかな」

「なるほど。ここでもパンをなにかに浸して食べることはあります。それは固いパンを食べやすくするためで、それぞれが食事の際にスープや牛乳に浸すものです。おいしさのためというよりは咀《そ》嚼《しゃく》しやすくするためのものなので、こうして料理として確立されているのが素晴らしいですね」

イケメンシロクマは感心したように頷《うなず》き、また一口食べる。

そして、おいしそうに口元をほころばせた。

「これにも黒こしょうが使われているのですね。カッテージチーズの塩気にベーコンの香ばしさ。それと黒こしょうのピリッとしたアクセントが本当においしいです」

「それならよかったです」

イケメンシロクマが言葉を尽くして褒めてくれるから、にんまりしてしまう。

そして、本当においしそうに食べるから、それを見ている私のおなかもぐうと鳴りそうで、冷めないうちにフレンチトーストを口に運んだ。

まずはパンだけ。次にカッテージチーズを載せて。最後にベーコンも載せて、いろいろな組み合わせでたくさんの味を楽しめるのがいいよね。

ナイフで簡単に切れるパンの断面はしっかり中心までたまご色。

日にちが経っていたパンは少し酸味が出ていたけど、その少しの酸味とパンに含まれている塩分を卵と牛乳が優しく包み込んでいる。

ベーコンの油で焼いたから、焼き目が香ばしくって、カッテージチーズの塩気とまろやかさが合わさって……。

「おいしい」

――フレンチトースト、最高。

「あ、それで忘れ物っていうのはこれだったんですけど」

「はちみつ、ですか？」

「はい」

さっき台所から持ち帰った黄金色のはちみつ。

それを手に取って、スプーンで掬《すく》った。

「これは好き嫌いがあるので、お好みで」

そして、それをとろりとろりとフレンチトーストの上にかけていく。

まずは一番上にあるカッテージチーズがはちみつで濡《ぬ》れる。そして、ベーコンへとゆっくりと伝い、たまご色のパンまで下りていくと、はちみつが触れたところがつやつやと光った。

「しょっぱいものに甘いものをかけるのは苦手だなっていう人も多いんですけど、私は大好きで」

イケメンシロクマを見て、笑う。

こういうのは嫌いな人もいるから、笑って誤魔化してしまおうというあれだ。

イケメンシロクマはそんな私をじっと見た後、穏やかに目を細めた。

「では、私にもはちみつを」

「え。無理はしないでくださいね」

まさかイケメンシロクマまで、はちみつが欲しいと言うとは思わなかった。

見た感じだと甘いものはあまり食べないだろうし、ちょっと心配になる。

でも、イケメンシロクマはしっかりとはちみつを受け取ると、迷いなくそれをフレンチトーストにかけた。

黒こしょうのかかったカッテージチーズ、カリカリのベーコンが黄金色のしずくに触れてきらきらと光る。そして、たまご色のパンがそのしずくを受け止めた。

「イサライ様の好きなものであれば、私も試してみたい」

「……はい」

細くなった水色の目がはちみつを映してきらきら輝く。その目を見ていたら、なんだか胸がきゅうっとして……。

――どうしよう。うれしいかも。

人にはいろいろと好みがある。

それはちゃんと尊重したいし、優劣をつけたいわけでもない。

だから、私が好きなものを嫌いな人がいるのは当然だし、それでいいんだって思う。でも……。

私が好きなものを否定しないでいてくれる。

じゃあ試してみようかなって行動してくれる。

楽しいなって思ってることを共有してくれる。

それが胸をふわりと包み込んで……。

全部を受け止めて欲しいわけじゃない。ダメならダメで、それをまた話して、一緒に盛り上がったり、次はもっと楽しいことを探したり。

……そういう風に分かち合える人は、そんなにたくさんいないから。

「はちみつがかかると、よりおいしそうに見えますね」

そう言って、イケメンシロクマははちみつのかかったフレンチトーストを口に運んだ。ベーコンとカッテージチーズ、黒こしょうも一緒に。

「……うまい」

そして、噛《か》み締《し》めるようにその言葉を呟《つぶや》いた。

「フレンチトーストはチーズやベーコンなどの塩気があるものと合わせるのだと思いましたが、甘いものも非常に合いますね。それに、ベーコンもはちみつがかかることで、さらにうま味にコクが出ている気がします」

「……フレンチトーストは私のいたところでは甘いものが多かったんです。パンを浸すときに砂糖を入れて、フルーツを添えたり、粉砂糖をかけたり。デザートとして食べるのも最高ですよ」

つぎはこってこてに甘いのも作りたいな。アイスとフルーツのコンポートを添えたい。

そう答えれば、水色の目はきらきらと光って……。

「それはおいしそうですね」

その目がやわらかく、穏やかに笑う。うれしそうに。楽しそうに。

それを見れば、自然と言葉が出てきて……。

……きっと、一人でも大丈夫だった。この異世界で楽しいことを探して生きていけた。

でも……。

「……私、よかったです」

――この胸があたたかいから。

「ハストさんがいてくれて」

――一緒にごはんを食べることを楽しいって思うから。

だから、ありがとう、と少しだけ笑って、名前を呼ぶ。

すると、なぜか彼はきょろきょろと目を泳がせて……。

「そ、う、ですか」

カタコトになった。

三品目　トマトのブルスケッタ～切れ味のいい包丁で～

この異世界で楽しく生きると決め、一か月が過ぎた。

毎日同じメニューだった食事はグレードアップされ、パンとぬるいスープだけというようなことはなくなった。

イケメンシロクマ、ハストさんがいろいろとしてくれたらしい。……相手は侍女だし、物理《パワー》でなんとかしたわけではないと思う。話し合いだと思う。たぶん。

そんなわけで食事事情も改善してはいるが、市場に行くことはまだできていない。

ハストさんが何度か上に掛け合ってくれているらしいのだけど、まだ許可が下りないようなのだ。

とくに難しい要望ではなく、私が市場に行くだけなんだけど、やっぱり許可はいるらしい。日当たりの悪い部屋に押し込められているけれど、そんなところは特別待遇。

周りから見れば、落ちぶれた令嬢だけど、一応は異世界人ということでいろいろあるのだろう。

そして、相変わらず私の護衛はハストさんしかいない。

まあ、ハストさんはすごく強いし、私が誰かに狙われることもなさそうなので、私にしてみれば十分。だけど、普通にハストさんの体調が心配でもある。

ハストさんはたった一人の護衛ということで、おはようからおやすみまでいつも一緒なのだ。大変申し訳ない。拘束時間が長すぎる。

ハストさんが、「夜の護衛もしたい」と言い出したときは「え……（トゥンク）」となる前に、いいから寝て欲しい、と真顔で言った。私のごはんを食べていると力が余るぐらいだから大丈夫と言っていたけれど、ぜひその余った力は自分のために使って欲しいところだ。

なので、ハストさんと話し合って、時々はお休みを取ってもらっている。

本当ならきちんとした勤務体制があるのが一番なんだけど、どうやらその辺りのことはハストさんの裁量に任されているらしい。

だから、変な話だけど、私の護衛についてはハストさんと話し合って、勤務時間や勤務日を決めているのだ。

九時五時の週休二日にしたい私と、一日中護衛しようとするハストさんの攻防。負けられない戦いがそこにはある。

そして、今日はハストさんのお休みの日。

部屋にいるのも飽きるので、庭へと散策に行くことにした。王宮のことはハストさんに確認済みなので、そこそこわかってるしね。

というわけで、一人で廊下を歩いていたわけだけど……。

「もっと優雅に歩けないのか？」

なぜか私に声をかけてくる人がいる。よくわからないけど、金髪おかっぱがついてくる。

いや。本当になんでだ。

「これだから田舎者《いなか》は……」

金髪おかっぱは歩いていく私の後ろに続きながら、ハッと鼻で笑った。

いや。いいから仕事しなよ。

「あ。ハストさん」

「なにっ」

私の言葉に後ろにいた金髪おかっぱがさっと私から距離を取り、手近な場所に隠れる。

よし。そのままそこにどうぞ。

なので、私は隠れている金髪おかっぱから少しでも距離を取ろうと、急ぎ足で裏庭へと向かうのだけど……。

「おい、いないじゃないかっ！」

「見間違いでした」

「なんのために田舎で暮らしてたんだ！　態度だけでなく、目も悪いなんて！」

金髪おかっぱは辺りを見回した後、小走りで私に追いついてくる。

そして、またハッと鼻で笑った。

あのね。目が悪いのはね。社会人の基本なんだよ。ドライアイは普遍なんだよ。社会の波に揉《も》まれると瞬きを忘れるんだよ。

「あ。ハストさん」

「なにっ」

金髪おかっぱに返答するのがめんどくさいから、またハストさんの名前を出す。すると、金髪おかっぱはすぐに隠れた。で、またすばやく私に追いついてくる。

……惜しいな。この呪文、魔除けの効果はあるが二十歩ぐらいしか効果がない。まあ、唱えるのにMPはいらないわけで、何度でも唱えるけどね！

「ハストさん」

「おい、いないじゃな――」

「なにっ」

お。外はいい天気だな。

「ハストさん」

「田舎者！　私を――」

「なにっ」

今日は裏庭に行ってみよう。

「ハストさん」

「いい加減に――」

「ハストさん」

隠れて、出てきて、隠れて、出てきて、また隠れて。

……もうさ。私にくっついてないで、仕事しなよ、本当に。

彼は王宮の警備をしている一人で、私についていて回らないといけないわけではないはずなのに、ハストさんがいないといつもこうしてついてくる。

なにがしたいんだろう。監視なのかな？　目につくから嫌味を言いたくてたまらないんだろうか。

とにかく、何度も呪文を唱えたけれど、効果は持続せず、結局、金髪おかっぱとともに、裏庭に着いてしまう。

そこはきれいなバラが満開で、降り注ぐ陽の光を浴びてきらきらと光っていた。

「おお。きれい」

「……ふんっ田舎者には見たことがない光景だろうなっ！」

感心していると、なぜか金髪おかっぱが胸を張る。

そんな金髪おかっぱをちらりと見た後、またバラに目線を戻した。すると、その先に誰かいるようで……。

「あ。聖女様」

「なにっ……って。え」

私の言葉に金髪おかっぱはすぐに身を隠そうとした。多分、条件反射。

けれど、私の言葉の意味を少し遅れて理解したらしい彼は、そのまま身を固くして、バラの生垣の向こうを見た。

そう。そこにいたのは私と一緒に召喚された女子高生。聖女様だ。

黒く艶《つや》やかな髪は複雑に編み込まれ、きらきらと輝いている。たぶん、至るところに宝石が差し込まれているのだろう。

真っ白なドレスはプリンセスライン。腰の辺りで切り替えられた布地はふんわりと広がり、より

女の子らしく見せている。

「……かわいいな」

うん。かわいい。

初めて見たときもかわいい女子高生だと思った。そして、今はさらにかわいらしくなっている。

あんなに白が似合う子がいるだろうか、いやいない。

そんな聖女様である女子高生の周りには、何人かの男の人がいて、これがまたかっこいい。青い髪に赤い髪、きらっきらの金髪に深い茶色。うん。色とりどり。

さらにそれを守るように、純白の騎士服に深紅のマントを羽織っている男性たち。

その真ん中でバラを見ている女子高生は何人かと会話をしているようで……。

……とりあえず大丈夫そうかな。

生垣の向こう側にいる女子高生の様子に少し安心する。とても大切にされているようだ。

顔色も悪くないし、周りにいる男の人も彼女に悪意を持っているように見えない。

服装もしっかりしすぎているぐらいしっかりしているし。うん。あれはどう見ても高いやつ。

ちなみに私の服装はこんにちは町娘です！　といったような服だ。金髪おかっぱの田舎者という言葉から察するに、デザインもよくないのかもしれない。

私としてはヨーロッパの民族衣装っぽくてかわいいと思っているけど。

……というか、声をかけてもいいのかも？

待遇に差がありすぎて、迷ってしまうけれど、こんな陰からそっと見守る必要はないのでは……？

バラの生垣の陰から出るかどうか迷う。

すると、女子高生の周りにいた男性の一人が私に気づいたようで、近くにいた人になにかを話してから、こちらにやってくる。

その人は貴族！　という感じの服装だ。

そして、その人を気にしている間に女子高生は歩き始め、私から離れて行ってしまった。

「なぜここにいる」

女子高生から離れた男性は私たちの前に立つと、冷たく言い放つ。

その辛辣《しんらつ》な声に後ろにいた金髪おかっぱは思わず、といったように謝罪をした。

「も、申し訳ありません」

「聖女様に近づけるな」

「はっい、もうしわけ――」

ただ短く金髪おかっぱに命令をする男性。その人は青い髪に深い碧《みどり》色の目をしていた。そして、切れ長の目をより冷たく見せるような眼鏡《めがね》をかけている。

彼は男性にしてはきれいな声でそれだけ言い捨てると、私を見ることもなく、さっさと踵《きびす》を返した。

金髪おかっぱは言葉を最後まで言うこともできず、もごもごと口を動かす。

そして、眼鏡の男性が遠くに行った後、私を見て、キッと目を吊《つ》り上げた。

「なんで私が謝らないといけないんだ！」

うん。そうだね。あなた、私の護衛でもなんでもないしね！　ただサボってただけの王宮の警備兵Aだもんね！

まあ、これでちょっとわかった。たぶん、女子高生に近づくのはまずい。

なので、とりあえず裏庭から離れるために歩き出した。

とくに目的はないいんだけど、女子高生の去っていった方向と逆へと向かうと、なぜか金髪おかっぱも私の後ろをついてくる。

そして、聖女様の一団としっかり距離を取った後、金髪おかっぱは悔しそうに言葉を発した。

「そもそも、聖女様を守る特務隊は五十人ほどいるんだから、そちらでなんとかするのが筋だろう！」

「はぁ」

「あちらが連絡していないものをこちらが知るわけがないんだ！」

「ふむ」

「最初から予定を決めて、こちらに周知。その上で警備の者を責めるならわかるが、勝手に行動しておいて、こちらの監督ミスのように言うのはいかがなものか！」

「へぇ」

「あちらは王太子殿下やその側近の方々がいらっしゃったようだが、そうであればこそ、もっと慎重に行動するべきであろう！」

「ほぉ」

金髪おかっぱの愚痴がやめられない、とまらない。

めんどくさいから便利な相槌《あいづち》・はひふへほで答える。ひぃは悲鳴っぽいから今回は免除。

「聞いているのか！　お前のせいで、次期宰相であるスラスター様に目をつけられたらどうするんだ！」

「はぁ」

「……田舎者」

「ふむ」

「……行き遅れ」

「へぇ」

「……落ちぶれ令嬢」

「ほぉ」

「お前！　全然聞いてないじゃないか！　ちゃんと耳がついているのか！」

金髪おかっぱがきぃ！　と怒鳴る。

いやいや、そんなに怒らなくても、ちゃんと聞いてるよ。だって、情報量がすごい。

前も思ったけれど、この金髪おかっぱは情報を漏らしすぎじゃないだろうか。

きぃきぃ怒鳴る金髪おかっぱの言葉を右から左へ受け流しながらも、その話を整理していく。

まず、女子高生の周りにいたイケメンたちは王太子やその側近などでかなり立場が上の人。その中でも青い髪で眼鏡をかけた人はスラスターという名前で、次期宰相と言われているようだ。

そして、今回の行動は突発的なもので、女子高生にはそれぐらいの自由があるということもわかる。

最後に、特務隊は五十人ほどで警備をしているということもわかった。

うん。それなりにちゃんと人数がいる。夜勤などを入れてもしっかり回していける体制だろう。

つまり特務隊の隊長になるはずだったハストさんはそれをまとめるトップになるはずで……。王太子やその側近、次期宰相たちと関わりを持てたはずで……。そりゃあもうすごい大出世になるはずで……。

純白の騎士服に深紅のマントを羽織ったハストさんを想像する。うん。かっこいい。血にまみれたシロクマっぽい気がするけど、とても似合っていたと思う。

かわいらしい聖女様と周りにいたイケメンたち。本来ならば、そのイケメンたちと同じように、ハストさんがあそこにいたとしてもおかしくない。

無表情な北極であるハストさんだけど、間違いなくイケメンである。

あのカラフルな髪色の中に銀髪の彼がいれば、それはもう絵になっただろう。

それが今では私の護衛。田舎者で行き遅れの落ちぶれ令嬢だと思われている女の護衛。

わぁ……なんかもう。わぁ……。

「いいか！　今回のことが偶然であることはわかっている！　けれど、これからはもっと周りを見て、状況を考えろ！」

「はぁ」

はひふへほを続行しながらも、その言葉だけはなんとなく納得できる。

あの次期宰相は聖女様に私を近づけるな、と言った。

あの人が私を異世界から来たと認識しているのかどうかはわからないけれど、どっちにしろめんどくさそうだ。

……ただ楽しく生きて、台所をグレードアップしたいだけなのになぁ。

先行きを思うと少しだけため息が出そうになる。

けれど、そんな気持ちは目の前で広がる光景にあっという間にかき消されて……。

「うわ！　すごい！」

思わず声を上げれば、それと一緒に心が一気に持ち上がる。

私の視界に入った景色。それはちょっとした畑のようなところだった。

王宮の裏庭から出て、あまり人通りのない一画。そこには膝丈《ひざたけ》や腰丈ぐらいの草が青々と茂っている。

歓声を上げ、駆け寄れば、金髪おかっぱが慌ててついてきているのがわかった。

「いきなりどうした田舎者！」

「あの、これ、食べられるやつですよね！」

「あ、あ。あ？　こんな草を？」

明らかに戸惑っている金髪おかっぱだが、そんなことは気にせず、どんどんと質問していく。

「ここって野生動物とか野良猫とか出たりしますか？」

「ここは王宮の敷地内だぞ。そんなものはいない」

「じゃあ、誰かがトイレをしたりとか……」

「田舎者が！　ここは王宮の敷地内だぞ！」

「それはよかったです」

きぃと怒鳴るその声にも、今は思わず笑顔を向けてしまう。

そして、その場にしゃがみ込むと、目の前にある緑に手を伸ばして、一つずつ確認した。

「バジルにローズマリーにタイム。ミントにカモミールにセージも」

ここはハーブの宝石箱や！

「これって採取しても大丈夫でしょうか」

「……べつにいいんじゃないか」

にんまりと笑ったまま、金髪おかっぱを見れば、なぜか金髪おかっぱはきぃと怒鳴るのをやめた。

いきなりのことに不思議に思って、よくその顔を見てみれば、ちょっとだけ頬が赤い。そして、なぜかえらそうに胸を張った。

「よし！　私の名を呼ぶことを許そう！」

「はぁ」

「私の名前はアシュクロード・フェリメハグリシュヌ・ランギオーリンズだ！」

「ふむ」

呪文か。まったく覚えられる気がしないし、覚える気もしない。

「まあ、田舎ではそのようなものも食べるのだろうな！　こんな草で喜ぶなんて安い女だ！」

金髪おかっぱはさらに胸を張り、ははははっと高笑い。

なので、それは放っておいて、私は目の前の宝石箱へと熱中することにした。

「あ、しそもある」

「落ちぶれ令嬢が草を食べるとはなんとも愉快だな！」

「おお、パセリ」

高笑いは止まらないようだけど、それはもうどうでもいい。

だって目の前に見えるのは新鮮なハーブ畑！　乾燥ハーブもいいが、生のハーブが気軽に手に入るのなら、とってもありがたい。

ここの管理をしているのは誰だろう。あとでハストさんに確認してみよう。よかったら分けてもらえるとうれしいなぁ。

「田舎者の落ちぶれ令嬢が草！　ははっ！」

……というか、いつまでいるんだ金髪おかっぱ。

仕事しなよ。

「あ、ハストさん」

続く高笑いにちらりと目線をやり、その背後を見て言葉を発する。

そんな私に金髪おかっぱは勝ち誇ったように笑みを浮かべて……。

「ふんっ！　田舎者が！　私がそう何度も同じ手に――」

その言葉が途中で止まる。寒くなった空気とともに一陣の風。

ザシュッ。

「わ」

その突風は金髪おかっぱの背後から吹き抜けていき、肩口で切り揃えられていた金髪おかっぱの左側の髪だけが空中に舞い上がった。

「っひぃ」

そして漏れてくる金髪おかっぱの悲鳴。へたり込んでしまった彼の髪は左右で長さが変わっていて……。

さっきまで同じ長さだったはずのその髪は左だけ妙に短い。さらさらだった金髪は左側だけ、耳の高さでザックリと切り取られていた。

「その方を貶《おとし》めるのはやめるよう進言したはずです」

尻《しり》もちをついた金髪おかっぱ（アシンメトリー）に低い低い声で告げるハストさん。

そう。さっきの私の「ハストさん」は魔除けの呪文ではなく、本当にハストさんがそこにいたからだった。つまりハストさんは金髪おかっぱ（アシンメトリー）の高笑いを全部聞いていて、ただいま非常に極寒なのだ。

「どうせなら反対側も切りましょうか。いえ、どうせなら他のところを切りますか？」

北極状態のハストさんが無表情に手に持った木の棒を見る。

それはただの木の棒にしてはするどく研がれ、まるで槍《やり》の先のような形状になっていた。

その木の棒を持ち、ハストさんは金髪おかっぱ（アシンメトリー）を見下ろしながら移動する。

たどり着いた場所には王宮の石壁があって、それを左手で撫《な》でると、そこに持っていた木の棒を深々と——

「え」

「ひぃぃい」

石の砕ける音と、その破片が土の上へと落ちる音。

そして、残ったのは石壁に突き刺さった木の棒。

「髪を整えるときはいつでもお呼びください。すぐに参ります」

無表情で言葉に感情はない。

けれど、そこには確かに猛吹雪《ふぶき》の幻影が見えて……。

——しっているか　シロクマは　きのぼうをいしにつきさす

どうやら、バーバーシロクマではイケメン理容師によるアシンメトリーカットを推しているようだ。使用する道具は木の棒。すっごく先が鋭いやつ。わぁ斬新。

そうして、金髪おかっぱから金髪アシメになった男に、ハストさんが低い声で施術の終了を告げた。

「勤務に戻られては?」

「ひっ、ひゃい!」

尻もちをついて動けなくなっていた金髪アシメはその言葉に悲鳴を上げながら、バタバタと去っていった。

うん。便利な相槌・はひふへほの「ひ」を独占しているね。

「イサライ様」

その後ろ姿を見ていると、ハストさんが私の名前を呼び、そっと近づいてくる。

さっきまでまとっていた吹雪は消え、しゃがみ込んでいる私に合わせるように、その隣で片膝《かたひざ》をついた。

「申し訳ありません。不快な思いをさせました」

「いえいえ。まったく気にしてませんから」

そう。田舎者の落ちぶれ令嬢と言われてもピンとこないためか、あんまりイライラしない。行き遅れ発言については、いいから放っておけ、とただただ思う。

怒鳴られるのや、ずっとついてくるのはめんどくさかったが、ハストさんがしっかり散髪してくれたので、もはや彼に思うことはなにもない。あ、仕事がんばれ。

「……聖女様にお会いしたのでは？」

「あ、そっちですか」

てっきり金髪アシメについてだと思っていたけれど、ハストさんの謝罪は女子高生に関してのことらしい。

ハストさんの眉尻《まゆじり》が少しだけ下がって、そのちょっとした変化で私を心配してくれているのがわかる。裏庭でのことがもうハストさんに伝わっているようだ。

……いや、というか、ハストさんは休みだったのでは？

「あの、もしかして私のせいで、休みだったのに呼び出されたんでしょうか」

それなら大変申し訳ない。

こちらこそ謝らなくては、とハストさんを見ると、ハストさんは静かに首を横に振った。

「いいえ。実は本日も王宮へ出仕しておりました」

「え」

「もちろんイサライ様と相談し、決めたことは守ります。イサライ様も常に私がいては気を抜くこともできないでしょう」

ただ……とハストさんは目をそらす。

「もし何かあればすぐに駆けつけたい、と」

……うん。確かにすごく早かった。聖女様のことがあってから、すぐだもんね。

「……つまり、休んでなかったってことですか？」

「……そうですね」

ハーブ畑の前に片膝をつき、バツの悪そうな顔になるハストさん。その顔を見ていると、胸がふわふわとして……。

本当ならたくさんの部下を従えていてもおかしくない人なのに。木の棒を石に突き刺しちゃうようなすごく強い人なのに……。

「ちゃんと休まないと」

「……はい」

「私はハストさんと一緒にいたくなくて、ハストさんに休みを取って欲しいと言っていたわけじゃないですから」

目の前にある水色の目を覗《のぞ》き込む。そして、その目に笑いかけた。

「元気でいて欲しいだけです」

そう。ハストさんが心配なだけ。

どうやらハストさんは私がハストさんとずっと一緒にいるのが嫌なのではないかと考えて、休みを取るようにしていたらしい。

だから、私の護衛につかない日を作りながらも、実際には休んでいなかったのだろう。

「一緒にいるのは楽しいですよ。ハストさん強すぎです」

その誤解を解くために、にんまりと笑う。

だって、そこに見えるのは石壁に突き刺さった木の棒。ありえなさすぎて笑っちゃうよ。

「そ、う、ですか」

そんな私の言葉になぜかハストさんの目が泳ぎ、カタコトになる。

不思議だが、それは気にしないことにして、私は言葉を続けた。

「すごいです。今日は私の作ったごはんを食べたわけではないから、本来のハストさんの実力ってことですもんね」

そう。この石壁に突き刺さった木の棒は食べると強くなる、ごはんのパワーではない。

二人でいろいろと検証したところ、私のごはんを食べてパワーアップするのはだいたい半日。それも食べれば食べるほど強くなるわけではなかった。

パワーアップする量は何度食べても同じで、効果持続時間は最後に食べた時間から半日だ。

ハストさんは今日は私の護衛についていないから、朝食は一緒にとっていない。

だから、ハストさんが最後に私のごはんを食べたのは昨夜の夕食で、すでに半日が経っている。

つまり、これは私のごはんとは関係なく、ハストさん自身が持つ力なのだ。

「木の棒がすごく尖《とが》っていましたけど、ここではそういう武器を使うんですか」

「いえ、それは私のスキルです」

「ハストさんのスキル？」

ハストさんは私の疑問に答えると、土の上に落ちていた石を一つ手に取り、私に見えるようにてのひらに置いた。

すると、その石が淡く輝いて――

「おおっ！」

ごつごつとしていた石が瞬く間に鋭く尖っていく。

光が消えた後、ハストさんのてのひらの上には石の矢じりのようなものができあがっていた。

「これが私のスキル『研磨』です」

「すごい……。『研磨』、つまり物を研いで、刃物のようにできるということなんですね」

「はい。材質は基本的には問いません。刃物のように鋭く研ぐだけでなく、物の形を変えることができるスキルです」

そう言って、もう一つ石を取る。

すると、その石が淡く輝いて、今度は丸い球体になった。

「わぁ！　すごく応用が効きそうなスキルですね」

「そうですね。最初はあまりいいスキルだとは思いませんでしたが、これのおかげでとても助かっています」

ハストさんの言葉にうんうんと頷《うなず》く。

ハストさんは魔獣を相手にする北の騎士団から王宮に来たと言っていたから、北の騎士団では、団員の武器の手入れなどもしていたのかもしれない。

魔獣がどんな感じかは知らないけれど、きっと、武器は重要だ。だから、ハストさんはたくさんの人の役に立ったことだろう。

そこまで考えて、なるほど、と納得していると、ハストさんはなんでもないようにさらっと言葉を続けた。

「魔獣は人間より脂肪が多いので、すぐに刃がダメになり、切るのが難しくなるのです。このスキルがあれば、単身で乗り込んでも、刃がダメになることがなく、ただひたすらに目の前の獲物を切るだけで済みます」

……うん？

「剣が折れた際も、木の棒や石、骨、なんでも武器にできますので、一刺しごとに武器を交換できるのです。亡骸《なきがら》から引き抜く手間が省け、とても重宝しています」

……なにそれこわい。

思ってたんとちがう。

「本当は剣術や体術に関するスキルが欲しかったのですが、こればかりは仕方ありません」

「え。……え」

ハストさんが引き続きさらっと告げた言葉。でも、それが信じられない。

……いや、持ってるよね。なんか戦闘に使えそうなスキル。絶対持ってる。わたし、しっている。

「あの、気配察知とか怪力とか吹雪とか氷漬けとか持ってますよね？」

「いえ？」

「……あの、たとえ木の棒を限界まで研いだとしても、石には刺さらないと思うんですよ」

物理的に。世界の法則的に。

「そうですね。そこは訓練によるものだと思います」

「くんれん」

そうか。鍛えれば鋭く尖った木の棒を石に突き刺すことができる。そうか。うん。わたし、しらなかった。

「イサライ様の作った料理を食べると、スキルに不思議な作用もあるようです。先日の警備兵の剣を切る際もスキルを使ったわけではないのですが、とてもよく切れましたから」

「……なるほど」

金髪アシメの家宝の剣。木の棒で切っていたけど、それはハストさんのスキルとも関係していたらしい。

ただスキルを発動したわけではないから、木の棒自身が鋭くなったわけではない。……あれかな、やっぱり『気』的ななにかなのかな。

なるほど、と答えたけれど、ハストさんの力についてはちょっとよくわからない。

この世界の人がすごく強いの？　ハストさんが強すぎるの？

金髪アシメの反応を見るに、やっぱりハストさんが強いんだとは思うけど。

そして、そんなハストさんのスキルを知ると、お願いしたいことができて……。

「あの、もし迷惑じゃなければ……」

水色の目をじっと見つめる。

「包丁を作ってくれませんか？」

なんかすごいのができそう！

そんな私のお願いにハストさんはすぐに頷いてくれて、しかも、さっそく作ろうと言ってくれた。

一口に包丁と言っても、さまざまな種類がある。

大きく分ければ和包丁と洋包丁。片刃か両刃かの違い。サイズも形もいろいろとある。

でも、私が最初に欲しい一本。それはもう決まっていて……。

「さんとく包丁？」

「はい。家庭料理ならとりあえずこれを持っとけっていうやつなんです」

三徳包丁は日本独自のものだから、当然この異世界にはない。

なので、ハストさんに私が欲しい包丁の説明をしたいのだが、まずはここの包丁がどんなものかを知らないと、ハストさんにどう説明していいかもわからない。

そんなわけで、王宮の食堂へと行くことになった。

どうやらハーブ畑を栽培しているのも、ここの食堂の人だとのことで、ついでにハーブ採取のお願いもする。

昼時の忙しさを終え、休憩していたところだった料理長は最初は嫌な顔をしていたが、ここ最近食べたメニューを挙げ、味の感想とおいしいとありがとうを伝えると、にこにことご機嫌になった。

その流れのおかげか、ハーブの採取も好きにしていいと許可をもらえたので、ありがたい限りだ。

そして、ハストさんと二人で包丁について共通認識を持ち、部屋に戻ってから、作戦会議！

「それでは、その包丁はシェフナイフと似たようなものなのですね？」

「はい。シェフナイフは刃幅が少し細めで刃先が鋭いですよね。三徳包丁はもう少し刃幅が広めで、先端が緩やかにカーブしてる感じです」

二人でソファに横並びに座り、ティーテーブルに置いた紙に図を描きながら説明する。だいたい実物大で描けばわかりやすいよね。

今、引き合いに出ているシェフナイフとは牛刀のことで、お肉が切りやすいやつだ。

他にもペティナイフやブレッドナイフなど、いろいろとあったが、それが一番説明しやすい気がする。

「刃の長さはだいたい拳《こぶし》二つと半分ぐらいですかね」

三徳包丁の刃の大きさがわかりやすいよう、手をぐうにして横に二つ並べる。

ハストさんに見やすいように、顔の前までそれを上げると、なぜかハストさんが少しだけ笑っていて……。

「どうしました？」

「い、え」

とくに笑うところはなかったと思う。

でも、ハストさんはカタコトになった後、こほん、とわざとらしく咳払《せきばら》いをした。そして、私かからすっと目をそらす。

「……イサライ様は手が小さいですね」

ぼそりと呟《つぶや》かれたそれがよくわからなくて首を傾げる。

……ん？　そんなこともないと思うけど。

「いや、普通に標準ですよ。あ、ハストさんが大きいんじゃないですか？」

そうだ。私が小さいんじゃない。ハストさんが大きいんだ。

横に並べていた手を一つだけ下ろす。そして、ハストさんに右手をちょっと突き出した。

「ほら、ハストさん、ここに手をこつんって当ててみてください」

「いえ」

「はい」

遠慮するハストさんに構わず、比べてみよう！　と手を動かす。

するると、ハストさんはぎゅっと手を握り締め、私の拳におそるおそる当てた。

そうしてみれば大きさの違いは一目瞭然《いちもくりようぜん》で……。

「わあ！　やっぱり剣を握るにはこれぐらいの大きさがいるんですね」

「は、い」

「これだけ違うと、刃のサイズが変わってしまいますね。あ、私の拳って注釈を入れておきます」

拳二つ分、なんて曖昧《あいまい》な表現だったかもしれない。

なるべくわかりやすくなるように、包丁の絵から線を引いて、情報を書き込んだ。

「で、この背の部分……峰なんですけど、ここはほぼまっすぐで、厚さはこれぐらいで、重さはちょっとあったほうが好きです」

包丁は本当にいろいろと好みがあって、それぞれによさがある。

軽い包丁と重い包丁。厚みがあるものとないもの。その中で、私は包丁自体に重さがあって、峰の部分もすこし厚みがあるものがいい。

細かい作業をするならまた違うけれど、刃の切れ味だけで切るものより、刃の重みで切っていくもののほうが私は手が疲れないから。

「……ハストさん？」

そこまで言って、ハストさんがまだ拳を握ったままなのに気づいた。

やっぱりちょっと笑ってる……というか、にやけてる？

不思議に思って、ハストさんを見ると、ハストさんはまたこほんと咳払いをした。

「申し訳ありません。続けてください」

ハストさんの笑いのツボがよくわからないな……。

けれど、本人が続けろと言っているので、手元にある紙に目を戻し、話を続けた。

「じゃあ、刃の部分はこれぐらいにして……。あとは柄なんですけど、材質は木材だったり、プラスチック……あー、水に強くて軽い素材だったりします。刃と柄が一体型で継ぎ目がない金属製のものもあります」

「こちらの包丁の柄は木でできています。接続部の細工などを考えると、私のスキルだけでできるかどうか難しい。形は作れても、それを継ぐ技術が必要になります」

なるほど。確かに、一つずつの部品は作れても、それを組み立てなければいけないと考えるとハストさんの力だけでは難しいかもしれない。

だから、諦《あきら》めようかな、とハストさんを見れば、その水色の目は楽しそうに輝いていて……。

「ですが、金属の一体型であれば可能ですね」

「本当ですか！」

その言葉に一気に心が弾む。

「はい。柄も金属で作るのであれば、相応の材料があれば、私のスキルだけで作ることができるかと」

「あ、材料……」

やっと気づいた事実に、弾んだ胸が一気に元に戻った。

それはそうだ……。うっかりしてた……。

当たり前だけど、無一文でぱっと異世界に召喚され、ぽいっとこの部屋に投げ込まれている私にはお金がない。ノーマネー。

衣食住、一応保障されているが、私が選んだものはなに一つないのが現状である。

なので、包丁の材料を手に入れることなどできるはずもなくて……。

「すみません。一緒に考えてくれてありがとうございました。ハストさんの力を見て、なんかすごい包丁ができそうだなと舞い上がってしまって」

こんなときは笑って誤魔化す。

「いつもハストさんが私のごはんを食べてくれているので、ポイントもかなりたまってるんです。なので、包丁もポイント交換しますね」

そう。ハストさんのおかげで包丁を交換するぐらいのポイントはあるのだ。

電熱器をガスかＩＨ《アイエイチ》に変えて、ついでに二口コンロにして、魚焼きグリルもつけちゃおう！　と一挙に使うためにためていただけだから、ポイントを使ったってなにも問題はない。

なので、ハストさんに感謝の気持ちと、スキルのすごさを伝えて、この話はおしまいにしようと手元の紙を畳もうとした。

けれど、その紙をハストさんが素早く引き抜いて……。

「イサライ様。材料ならばちょうどいいものがあります」

「え」

「むしろ、このためだけにそれがあったと言っても過言ではない」

「え」

そんなものあっただろうか。

もしかして、ハストさんが手持ちから出す感じ？　いやそれはさすがにちょっと申し訳ない。

不安になる私に、ハストさんはその水色の目を穏やかに細めた。

「大丈夫です。それはもう誰にも使われることのないもので、今は騎士団の詰所に隠すように置いてあるものですから」

「……騎士団の詰所？」

ハストさんの言葉に首を傾げると、ハストさんはゆっくりと頷《うなず》いた。

「はい。刃幅もあり、金属としての価値は高かった。柄のところにゴテゴテした飾りがあり、実用的ではありませんでしたが、それらをすべて取れば、問題ないでしょう」

……あ、なんかわかったかも。

うん。なんかそれ見たことがある気がするな。

「真っ二つにしましたが、刀身の長さも柄の大きさも研磨するにはぴったりです」

「あの、それって、あの……」

「警備兵が持っていたものですね」

うん。つまり、ハストさんが木の棒で切ったあの剣。

――金髪アシメの家宝の剣だ！

すごいアイディアだと思う。リサイクルは素晴らしい。でも、普通に考えて、金髪アシメが家宝の剣をくれるだろうか。

真っ二つになってしまい、使えない剣とはいえ、元家宝。

まさに真っ二つにした張本人であるハストさんや、話の流れ的に原因になった私に渡してくれるだろうか。いやないな。

でも、ハストさんは、私を安心させるようにと話を続けた。

「折れた剣は元の形には戻りません。どれだけ値が張った剣だろうと、今はただの金属片にすぎず、価値はない。あとは捨てられるだけのものです」

なにを言っているんだ。これだから田舎者は！　はは！　って高笑いされる気がする。

「でも、いらないものだとしても、私には渡さないんじゃないでしょうか」

「その可能性はあります。ですが……」

ハストさんの力強い言葉。一度言葉を途切れさせると、ハストさんはその腰に佩《は》いている剣へちらりと視線を投げて……。

「必ず手に入れてみせます」

……あ、今、寒くなった。

なにこの惨劇の予感。刺し違えてでも手に入れる的な決意感。そう、あのときの私はまさかあんなことになるなんて思ってもみなかったのだ的な圧倒的伏線感。

「私が話しますね」

「いえ、イサライ様はこちらでお待ちを。すぐに品を持ち帰りますので」

「私が話しますから」

「私はやれます」

殺《や》らないで。

私の包丁に、血に塗《まみ》れた戦慄《せんりつ》の過去はいらない。

「私の頼んだことですし、私が話したいです」

「……そうですか」

ハストさんがわかった、と頷く。

よし。『かほうのけんの夜』ルートは回避した。雪山のペンションに閉じ込められて、金髪アシメたちが殺されていくサウンドノベルゲー的展開は回避した。

「家宝の剣を私に渡せば、あちらにも得になるよってことを示せばいいと思うんですよ」

「そうですね。交渉事の基本です」

「あの剣ってすごく高そうですよね……なんかすごくいろいろと飾りがあった気がします」

「あれは装飾剣ですね。刀身にまで金の紋様がありました。刃の研磨も見た目だけのものです。実際にあれで切ろうとすれば、すぐに刃が欠けてしまうでしょう」

なるほど。剣と言ってもいろいろとあるようだ。

では、金髪アシメの持っていたのは言葉通りのお飾りの剣ということかな。

「あ、そういえばハストさんはゴテゴテした飾りは取ればいいって言ってましたが、取れるんですか？」

「はい。私のスキルで飾りと刀身の接する点だけを研磨すれば、装飾はそのままの形で取ることができます」

「……それ、使えそうですね」

ハストさんの言葉ににんまりと笑う。

うん。家宝の剣、うまく手に入れられそうだ。

というわけで、とりあえずハストさんには部屋で待機してもらって、一人で騎士団の詰所にやってきた。

ハストさんと行くと、確実に惨劇が起こりそうだったから……。北極、ふたたび。こわい。

詰所の入り口で金髪アシメの居場所を聞いたところ、談話室で休んでいたようだ。

金髪アシメは私の訪問にすぐに対応してくれたが、髪は相変わらずアシンメトリーのままで、キッと目を吊《つ》り上がらせていた。

「なんだ田舎者《いなか》！　私になんの用だ！」

「あ、どうも」

「くそっ。退勤時間にならないから、髪を整えることもできない！」

金髪アシメは短くなった左の側頭部を手で撫《な》で、その目を復讐《ふくしゅう》に燃やす。

すごいな。あんなにひぃひぃ言ってたのに、今はもう強気。

どうやらバーバーシロクマのカットが気に入らなかったようだが、私やハストさんに二度と関わらない、というような決意はないらしい。しかも、退勤時間までは一応いるらしい。

明らかに仕事はしてないけどね。

そんな金髪アシメを見て、なんとなく言葉をかける。

「でも、その髪型、悪くないですよね」

そう。ここではアシンメトリーカットなんてないのかもしれないけど、私の中ではありかなしかで言えば、全然ありだ。

むしろ、おかっぱのときより片方の耳が見えている今のほうが男らしくていいんじゃないか。

「私のいたところでは、そういう非対称な髪型もありました。それに……」

騎士団の詰所の入り口。窓から差し込んだ光を受け、金髪アシメの髪が少しだけ輝いた。

「とてもきれいな色ですよね。金茶って言うんですかね」

金髪アシメは金髪だけど、裏庭で女子高生の周りにいた人のようなきらきら輝く金髪ではない。

茶色だけど実は金色？　よく見れば、落ち着きのあるその色はとても上品だ。

茶トラ猫の色が薄いところ。そんな色。

とくになにかあったわけではないけれど、素直に感想を述べれば、金髪アシメは思いっきり胸を張った。

「そうか！　ははっ！　田舎者にもこの高貴な色がわかるのか！」

うん。高笑いがうれしそう。

「私のこの色はな！　高貴な血筋によるものだ！　美しいだろう！　王家しか持たぬ金色が！　こ

の私に薄くではあるが高貴な血が入っていることを証明する、素晴らしい色だろう！」

「はぁ」

「私は故にこうして王宮の騎士として勤めているのだ！」

「ふむ」

「どこのものとも知れぬ、北の犬とは違う！　由緒正しい血統！　これがその証なのだ！」

「へぇ」

「よし！　愛称を呼ぶことも許そう！　アッシュ様と呼べ！」

「ほぉ」

とりあえず、いつもの相槌《あいづち》を打つが、さすが金髪アシメ。話の情報量がすごい。

彼の話をまとめると、どうやら、ここで金髪と言えば、王家のもののようだ。

ということは、裏庭で見たきらきら輝く金髪の人が王太子だったのかもしれない。確かにきらっきらで高貴な感じだった。

で、金髪アシメはそれの遠縁で、いい血筋のお坊ちゃま。

なるほど。わかりました。つまりはコネ入社の縁故採用ですね。だから、いつも詰所にいるか私にくっついているかだったんですね。

仕事しろって思ってたけど、仕事しろって言う人はいないのだろう。上司が金髪アシメの顔色を窺《うかが》い、同僚はちやほや。うんうん。自分の持てる力を存分に発揮してるわけだね。うんうん。

よし。遠慮せず家宝の剣をもらおう。

「あの、家宝の剣ください」

「あ、ああ。あ?」

「二つになっちゃった剣。まだここにあるって聞いたんです」

「あ、れか……」

家宝の剣をもらうことに良心の呵責《かしやく》がなくなった私は、笑顔で金髪アシメを見つめた。

「私が欲しいのは刀身なんです。周りについていた金の装飾や宝石などはすべて取り外して返しますので」

「取り外す?」

「はい。スキルを使えば、装飾品に傷をつけることなく、取り外すことができます」

「傷なくか!」

金髪アシメが、その言葉に目を輝かせる。

そう。私は金髪アシメが剣を持ち帰らず、詰所に隠しているのは、家宝の剣が使えなくなったことを秘密にしたいのだろうと考えたのだ。

ハストさんが家宝の剣を切ったとき、金髪アシメの取り巻きたちはことごとく気を失っていた。

そして、詰所にいた人たちもその瞬間を見たわけではない。

だから、金髪アシメがそのことを言わなければ、誰も知ることはないはずだ。

でも、いくら秘密にしていても、いつかはばれてしまうことだろう。

新たな剣を作ることはできるが、まったく同じ装飾品を集めることは難しい。かといって、今の剣についている装飾品を取ることも、普通であれば難しい。

装飾品を取り外す際に、傷がついたり、それを再研磨し、小さくなってしまうのは避けられないのだ。

「つまり、剣さえ入手すれば、同じ装飾が可能になる……」

「はい。金飾部分もそのまま残せるそうです。最終的には溶かすにしても、実物の紋様を見せることができるので、金飾をする職人も元の通りに作ることができます」

「そうか……！　なるほど……！」

完全に乗り気になった金髪アシメににんまりと微笑《ほほえ》みかける。

ね。家宝の剣が使えなくなっちゃったよーわーん！　って言えなかったんだよね。わかるわかる。

「家宝の剣、作りませんか」

一本ダメになったなら、もう一本作ればいいじゃない。

「うむ……！　その話、乗った！」

金髪アシメの顔が輝く。

金髪アシメは家宝の剣を手にし、私は家宝の剣の包丁を手にする。

一本でも家宝。二本でも家宝！

「それにしても、その剣でお前はなにをするんだ？　二つになってしまっては剣としての価値はないぞ」

「これは包丁にしようと思って」

金髪アシメが詰所のどこかから持ってきてくれた、二つになった家宝の剣。布でぐるぐるに巻かれていたので、そのまま受け取った。

「包丁?」

「はい。剣としては使えませんが、包丁に作り直すことができる、と教えてくれた方がいて」

「便利なスキルもあったものだな！　それで作るのが包丁とは、田舎者の考えは本当に田舎者なのだな！」

ははははと金髪アシメが高笑いを上げる。

「もしかして、先ほどの草を切るための包丁ではなかろうな！」

「はぁ。まぁ。そんなこともするかもしれません」

「ははっ！　田舎者が草で料理か！」

はははははっ！

「田舎者が草で料理！　草で！」

ははははっ！

「田舎者が料理！　草！」

語彙《ごい》力。圧倒的な語彙力不足。

金髪アシメは田舎者、草、料理、HA、しか話してない。前から思ってたけど、金髪アシメは笑いすぎ。草がツボすぎ。

そうして、高笑いしながらも金髪アシメは私についてくる。

まあ、家宝の剣を私に預けたわけで、それの行く末は気になるのかもしれない。

仕方なくそのまま金髪アシメを引きつれ、私の部屋に帰り、扉を開ける。

するとそこは、やばい、冬なのに窓をすべて開けて出かけてしまった。雪も吹き込んで、最高に寒い。というような状態になっていて……。

「……その方を貶《おとし》めるな、と何度言えば？」

「ひぃっ」

あ、ＨＩも話した。

どうやらハストさんは私と金髪アシメのやりとりを聞いていたらしい。

金髪アシメの声、大きかったしね。そりゃ聞こえるよね。

そんなわけで室内は北極。

極寒なハストさんを見て、金髪アシメはおもいっきり狼狽《うろた》えたけれど、私の持つ布の塊を見て、ぐっとその場にとどまった。

「……っなんだ！　私は用があってここにいる！　お前は休みじゃないのか！」

「はい。ですが、イサライ様から依頼を受けまして」

「依頼？」

「ええ。二つになった剣を包丁に仕立て直して欲しい、と」

「まさか、便利なスキルの持ち主は……！」

金髪アシメが驚いた顔でハストさんを見る。

そんな金髪アシメにハストさんは無表情で答えた。

「私です」

「お前だったのか」

暇を持て余した　騎士たちの　遊び

「おい！　お前！　聞いてないぞ！」

うん。言ってない。

でも、そんなきぃきぃと怒鳴る金髪アシメを適当に受け流し、話を先に進めていく。

「お二人ともお忙しい中ありがとうございます。早速ですが、いいですか？」

寒さの残る眼差《まなざ》しのハストさんにも声をかけた。

うん。このままでは私の部屋が惨劇の舞台になってしまうからね。包丁に凄惨《せいさん》な過去、血塗られた境遇が追加されてしまうからね。二人とも暇を持て余しているわけではないはずなので、用事を終わらせればいいのだ。

「こちらを失礼します」

「あ、お願いします」

そんな私の言葉にハストさんは吹雪を消すと、私から布の塊を受け取った。

そして、ソファの前にあるティーテーブルへと置く。その上で布をほどくと、そこにはきれいに二つになった家宝の剣。金飾が繊細で、大ぶりの宝石がごろごろとついている。

うん。高そう。

「始めます」

ハストさんが一言断ってから、家宝の剣に手を添える。すると、家宝の剣が淡く輝き、つるりと装飾部分だけが外れた。きれいに一皮剝《む》けたような感じだ。

「おお」

その、家宝の剣剝いちゃいました！　感に思わず声を漏らせば、金髪アシメは悔しげに眉根《まゆね》を寄せた。

「くそっ、北の犬のくせにスキルの練度が高い……！」

「お褒めに与《あずか》り光栄です。こちらはもらい受けます」

刀身を手に取り、布が敷かれていない部分に置く。

残った装飾部分を布で包み直し、金髪アシメへと返した。

「では」

そして、そのままぐいぐいと金髪アシメを押す。

金髪アシメはぐぬぬと抵抗しているものの、簡単に扉のほうへと追いやられていった。

「待て待て！　あの刀身がどうなるのか私にも見せろ！　私のものなのだから、それを見るのは当然の権利だ！」

「……」

「なるほど。一理あるようなないような」

「あるだろ！　そもそもお前たちは私に対する敬意が足りない！」

「はぁ」

金髪アシメはきぃきぃと怒鳴りながらも、ここにいる権利があると主張する。

まあ、ハストさんが金髪アシメの前でスキルを使ったのを見るに、『研磨』のスキルを隠しているわけではなさそうだし、いてもいいと言えばいてもいいのかもしれない。

一応、材料を提供してくれたわけだし。

「私はここで見ているから、続けるといい！」

扉の前からさっと身を動かし、堂々とソファに座る。

仕方なく私とハストさんはティーテーブルの前に、二人で並んで立った。

「包丁に取り掛かります」

「はい。お願いします」

さっきのいろいろと描き込んだ紙を渡し、二人でそれを見る。そして、剣と紙とを指差しながら、説明をしていった。

「この柄の部分は握りやすいように、手に沿った形にして欲しいんです」

「なるほど。ではまずは大き目に作りますので、少しずつイサライ様の手に合わせるような形でかまいませんか？」

「はい。あと、刃は磨いてもらっていいのですが、柄は滑らないような加工をして欲しいです。できますかね？」

「問題ありません」

ハストさんは頷《うなず》いて、私の注文をすぐに受け入れてくれる。

そして、説明が終わると、ハストさんは二つに折れた剣の根元部分。刀身と柄があるところを手にし、スキルを使った。

ハストさんの手元が光る。そして――

「わぁ！」

光が消えた後、ハストさんの手元には私のよく知っている三徳包丁が確かにあった。

「すごいです……！　私の説明だけでこんなに……！」

「イサライ様の説明がわかりやすいおかげです」

歓声を上げて、ハストさんの手元を見つめる。

ハストさんはそんな私に優しくそれを差し出した。

「持ってみてください」

「はいっ」

ハストさんから包丁を受け取る。

その包丁は峰の厚さは要望通り２㎜ぐらい。重さもちょうどよく、重心も刃と柄の切り替え部分にあるため、とても使いやすそうだ。

「刃は研ぎすぎるとすぐに刃こぼれをするので、調理用に研いでいます。切れ味が落ちれば、いつでも研ぎ直しますので、おっしゃってください。柄の部分はどうですか？」

「……どうですかね。これでいいという気もしますし、ちょっと太いような気も」

「では、もう少しだけ細くしましょう」

一度ハストさんに包丁を渡し、またそれが光る。

そして、私の手元に戻ってきたとき、見た目ではわからなかったけど、握ってみたらとてもしっくりと馴染《なじ》んだ。

「すごい……ぴったりです」

「さきほど、手を測らせていただいたので」

そっか。さっき手をこつんってぶつけたときか。

「……これが私の包丁」

握ったまま、裏と表とを見るようにそっと動かす。

銀色にぴかぴかと光るそれは、ハストさんの髪と同じように輝いていた。

それを見ているとなんだか胸があたたかくなってきて……。

「私……ここに来て、初めて自分のものを持ちました」

そう。ポイント交換でいろいろと手に入れることはできるけれど、それを台所の外に持ち出すことはできない。お皿もごはんも食べ終われば消えてしまう。

……でも、この包丁は消えない。

私が異世界に来て、初めて自分で選んだもの。

――私の。

――私だけの。

「本当にうれしいです」

包丁を手にして、思わずくすくすと笑ってしまう。

そして、作ってくれたハストさんと材料を提供してくれた金髪アシメに、ありがとうと笑顔を向ける。

すると、ハストさんは目を泳がせて、こほんこほんと何度も咳払《せきばら》いをし、金髪アシメは胸を張り、高らかに笑った。

「ははっ！　田舎者が！　こんな程度で喜ぶとは本当に安い女だな！」

「……いらないものは命か」

「ひぃっ」

極寒になったハストさんが残っていた家宝の剣の切っ先のほうを持ち、金髪アシメに向かって動かした。

シュッという風を切る音と金茶の髪が宙を舞う色。そして――

「ひぃぃ！」

なんか聞きなれてきたＨＩ。

その悲鳴の後、金髪アシメの自慢の髪は左側部分がびっくりするほど短く刈り込まれていた。

……あとちょっとでもずれてたら、金髪アシメの顔が切れてたな。

そんな状況に金髪アシメは急いでソファから立つと、しっかりと布の塊を抱えたまま走る。

「覚えてろよ……！」

そして、扉の前までくると、憎々し気に言葉を残し、ばたばたと部屋を出て行った。

そんな金髪アシメから金髪剃《そ》り込みアシメに進化した彼が残していったもの。自慢の髪と床の穴。

そう。ハストさんが投げた刃先は見事に床に刺さっていたのだ。

ソファに座っていた金髪剃り込みアシメに、立っていたハストさんが刃先を投げたから、斜め45度って感じになって床に刺さったんだな。

忍者の投げたクナイみたいな刺さり方してる。私の部屋に新たな歴史が刻まれてる。

とりあえず、その辺りは見ないことにして、ハストさんへと向き直ると、もう一度お礼をした。

「休みだったのに、わざわざありがとうございました」

「いえ……休んではいなかったので」

「……そういえば」

まったく休みになってない。普通に私の護衛をしている日と変わらない。

それなら……。

「あの、今日も仕事をしてしまったついでに、少しだけ食べていきませんか？　せっかくなので、早く使ってみたくて」

包丁を手にハストさんを見る。

すると、ハストさんはうれしそうに目をきらきらと輝かせた。

「ぜひ」

ハストさんの目を見ると、食べることを楽しみにしているのが、すごくよく伝わる。

付き合いやお世辞などではなくて、本当に食べたい！　と思ってくれているのだ。

だから、私もにんまり笑って、任せてください、と頷いた。

「ハストさんの作ってくれた包丁ならなんでも切れそうです」

「そうですね。イサライ様が望むのであれば、一緒に訓練をしましょう」

「え」

「コツさえ摑《つか》めば、魔獣も一撃で屠《ほふ》れるようになるかと」

「いちげきでほふる」

まったく包丁に似つかわしくない単語。

それはもう包丁ではない。武器だ。エクスカリバーだ。

訓練したら、私でもハストさんのようになれるんだろうか。いやいや、そんなバカな。訓練とかコツとかそういう次元の問題じゃない。

「……ちょっと包丁置いてきますね」

淡く笑ってから、台所へと移動し、調理台に包丁を置く。

その銀色がすごく輝いているように見えて……。

……すごいのができそうだと思ったけど、聖剣ができるとは思っていなかった。

いや、聖剣じゃないよね？　包丁だよね？　まな板と調理台を一緒に切っちゃいました！　みたいなことにはならないよね？

包丁を振り下ろすと、そのまま地面に到達してしまう様を想像する。

絶対にありえないとは言い切れないことがこわい。包丁こわい。

いや、大丈夫。調理用だって言ってた。ハストさんは調理用に研ぎましたって言ってた。これは包丁。食材を切るもの。ほら、私の台所にこんなによく似合う！

そう自分に言い聞かせてから、部屋へと戻る。

ハストさんは床に刺さっていた刃先を回収したようで、そこには穴だけが残っていた。

「ここの掃除を頼んで参ります」

「あ、そうですね」

穴はどうにもできないかもしれないが、金髪剃り込みアシメの髪があるもんね。

「なにか必要な食材があれば、お持ちします」

「あ、それならパンが欲しいです。いつも通りの斜め切りにしてあるやつ」

「かしこまりました」

「あと、私も少し出ますので、その間に掃除をしてもらえばちょうどいいかと思います」

「わかりました。侍女に伝えておきます」

「お願いします」

そんなわけで、ハストさんとともに部屋を出て、私がやってきたのはさっきのハーブ畑。

そこで目的のハーブをもらってから部屋に戻ると、すでに部屋はきれいになっていた。

……床の穴はそのままだけど。

「『台所召喚』」

部屋の中で呪文を唱え、台所へと移動。

調理台の上ではさっき作ったばかりの包丁がきらきらと銀色に輝いていた。

「よし！　まずはポイント交換！」

調理台の上に摘んできたハーブを置き、液晶の前へと移動する。

そして、慣れてきたポイント交換作業だ。

ポイントはかなりたまってきたから、そろそろ大物を手に入れたいなぁ。具体的には二口コンロともう少し大きな冷蔵庫が欲しい。あと電子レンジと魚焼きグリルと……。

思いを馳《は》せていると辺りが白く輝く。

そして、調理台の上に現れた調理器具や材料。手に入れたそれににんまりと笑いながら近づいた。

「ついにまな板も……！」

そう。今までは包丁がなかったから、まな板は手に入れてなかった。でも、これからはたくさん使うはずなので、その白さがなんともかわいく見える。

木のまな板と迷ったけれど、今回はしっかり重さと大きさのあるプラスチック製にした。

この台所では、手入れを気にする必要はないから木でもいいんだけど、まあ慣れの問題だ。今まで水分が染み込まなくて、簡単に塩素消毒できるまな板に慣れ親しんでいるから。

「ちょっと大きすぎたかな」

調理台が小さいから、まな板でいっぱいになってしまう。むしろ少しだけ流しにはみ出している。

調理台の拡張も早くしたいな……。

小さな流しで大きなまな板を洗い、さっと布巾《ふきん》で拭《ふ》く。そして、食材を邪魔にならないところに移動させると、その中の一つを手に取った。

それも水洗いをし、食材用の布巾で拭いてからまな板の上に置いた。

真っ白なまな板と真っ赤なそれのコントラスト。

「やっぱり包丁の試し切りはトマトだよね」

テレビショッピング的に。

真っ赤に熟《う》れたトマトは少しやわらかめ。皮はピンと張りがあって、これは試し切りにはちょうどいい難しさだ。

……どうか、まな板と調理台まで切れませんように。

祈りながら、トマトを立て、半分に切っていく。

まず、刃の根元の方を張りのある皮へとそっと触れさせる。力押しで上から押さえつけてしまうと、この固さのトマトなら潰《つぶ》れてしまうから、最小限の力で。

すると、刃の当たったところから、皮にプツッと切れ目が入る。そこから、徐々に刃先をトマトに触れさせるといとも簡単に切り込みが入った。

「すごい……」

力を込めてないのに、刀身の重みだけで簡単にトマトに入っていく。

やわらかい完熟の身もなんのその。その身を潰すことのないきれいな切り口。そして、まな板まで刃が当たると、手で持っていないほうのトマトはころんと切り口を上にして倒れた。

そして……。

「切れてなぁい」

……よかった！　まな板も調理台も切れてない！

私が手にしたのはちゃんと包丁だった。聖剣じゃなくて本当によかった！

そうして、感動と安心を味わいながら、トマトの種とゼリーの部分を丁寧に取り除く。

今回は果肉の部分だけを使うのだ。口当たりがよくなるから皮も湯剝《む》きすればいいんだけど、今回は試し切りも兼ねているので、そのまま切っていく。

「果肉も皮もスッと切れる。さすがハストさんの作ってくれた包丁」

１㎝角に切るために何度も動かしているけれど、トマトの果肉は潰れない。かといって皮の部分で引っかかることもなくスッスッと本当に気持ちよく切れていく。

いまだかつてこんなに楽しい１㎝角切りがあっただろうか。いやない。

もっと切りたくて、１㎝角より細かくしそうになったところで、自重をし、手を止める。

すると、台所は角切りトマトを入れるためのお皿を用意してくれた。

「いつもありがとう……」

ナイスアシスト。本当に最高。

そうして、トマトをお皿に移すと、包丁とまな板を洗い、布巾で拭く。そして、採ってきたハーブも洗い、布巾で丁寧に拭いた後、まな板の上に並べた。

「トマトとバジルは親友だよね」

そう。私がハーブ畑で採取してきたのはバジルなのだ。

トマトとバジルはいつも一緒。お互いにお互いがいると輝ける。おいしい関係。

「よし！　みじん切り！」

白いまな板に鮮やかな緑色のバジルの葉。それをさくさくと切っていく。

やっぱり包丁の切れ味は抜群で、数枚重ねたバジルも繋《つな》がることなく、あっさりと切り離された。

「楽しい……」

切る作業が楽しい。

包丁がちゃんと切れるっていうだけで、ストレスが全然違う。

これならきっと鶏もも肉の皮も簡単に切れ、ゆで卵の黄身ももさもさにならない気がする。パン切り包丁じゃないけど、サンドイッチの断面もきれいに出そうだ。

これから作れるものを考えるとわくわくする。

せっかく異世界に来たんだから、外の世界も見てみたいな。お弁当持って、ピクニックをしたり。

……ハストさんも一緒に来てくれて。

お弁当食べて、おいしいって笑って欲しいな。

なんだかそんなことを考えると、自然に口元が緩んでしまって……。

でも、にやつきながらバジルをみじん切りにしていると、ふとある声が思い起こされる。

そのせいで、一気ににやつきは収まった。

……うん。これは絶対にバジルのせい。

バジルをみじん切りにしているから、あの声がリフレインされるんだな……。

『草！　料理！　草！』

あの、高笑いが。

にやつきから一転。真顔でバジルを刻む。さくさくさくさくさくさ。

『田舎者が草をさくさく！　くさくさく！　ははっ！』

……私の幻聴、レベルが低いな。

自分で自分がこわいけれど、これは私のレベルではなく、幻聴元のせいだから仕方がない。

そんな幻聴の中、ちょうどよいサイズになったバジルを器に取っておいたトマトと合わせる。

そして、新たにポイント交換したものを手に取った。

「トマト、バジルと来たら、やっぱりこれ！　オリーブオイル！」

イタリアン三兄弟！

濃い緑色の瓶がきらっと光る。

オリーブオイルはいろいろな種類があって、値段もピンキリだ。私は少し割高でも、遮光性のある小さ目の瓶のものを買っていた。

オリーブオイルはドレッシングや直接かけて使うことが多いので、風味が落ちないように、開封後は早く使い切りたいから。

サラダ油も開封後は早く使い切ったほうがいいんだけど、そちらはあまり厳密じゃなくてもいいので、大きいサイズだった。揚げ油に使うと一気になくなっちゃうしね。

濃い緑色の瓶の蓋《ふた》を開けながら、よく使う油を思い出す。すると、心にはある思いがむくむくと出てきて……。

「……揚げ物食べたいな」

さくっとした衣にジューシーな肉汁。しょうゆと酒、にんにく、しょうがで仕込んだあっつあつのもも肉のからあげ。

二度揚げした手羽先ににんにくしょうゆの甘いタレを塗った、お酒が進む手羽先からあげ。

胸肉はチキンカツにしてもいいし、ハストさんの作ってくれた包丁で粗みじんにした後、チキンナゲットにしてもいいかもしれない。

「鶏……鶏食べたい……」

おやつ時なのに、口の中がにわとりを求めている。

スーパーの鶏肉もおいしいけれど、少し値段の高い地鶏でもいいかもしれない。あの張りのある肉を炭火の上でコロコロと転がしながら焼く。味はシンプルに塩こしょうで。

「食べたい……」

いいな地鶏。空から飛んでこないかな。

「でも、まずはこれ」

そう。今は鶏ではなくトマト。

なので、心を入れ替えて、トマトとバジルの入った器にオリーブオイルをかけ、そこに塩を一つまみ。菜箸《さいばし》で全体を絡ませれば、まずはこれで完成！

「トマトのオリーブオイル和《あ》え！」

簡単！　見た目がすごくきれい！

真っ赤なトマトと緑のバジルは食欲をそそる。

できあがったばかりなので、今はまだ味が馴染《なじ》んでいないけれど、あと一時間もすればオリーブオイルに漬け込まれ、トマトの甘さがしっかり引き立ってくるはずだ。

「さあ。今日はこれの実験をしよう」

よし、と頷《うなず》き、トマトのオリーブオイル和えを持って、それの前に立つ。私の前には白くて四角い箱。

「この冷蔵庫はどこまでできるのか……」

ごくりと喉《のど》を鳴らす。

「とりあえず、中に入れれば腐ることがないんだよね」

見た目は普通の小さ目冷蔵庫。でも、実はまさかの機能を持っていた。

そう。実はこの冷蔵庫、中に入ったものが腐らないのだ！

それに気づいたのはこの台所を使い始めて三日目ぐらい。

食材をポイント交換で手に入れてからの日数を覚えていたけれど、それも限界がある。

ポイント交換したものには賞味期限が印字されていなかったから、ラベルを作るかメモが必要だなぁと思っていたのに、中に入れたものが悪くなる気配がまったくなかったのだ。

そして、そのことに気づいた後、実験としてもやしをポイント交換した。

もやしは足が早い。気づいたらすぐに悪くなってしまう。

なので、もやしには大変申し訳ないが、二、三日で結果がわかるし、見た目からも傷んだことがすぐにわかるので、それを冷蔵庫に入れておいた。

「うん。やっぱり腐ってない」

冷蔵庫を開けて、そっともやしを取り出す。

いつも通りのパッケージのそれは、今も同じように真っ白な茎と黄色の葉のまま。

「三週間は経ったのに……」

ありえない。普通なら絶対にありえない。

買ってきて三週間もすれば、液体化してると思うんだよね。あれ？　私、もやしじゃなくて、なにかしらのドロドロ買ったっけ？　っていう……。

「こっちも腐ってない」

そして、もう一つ、お皿に載ったオートミール粥《かゆ》。

これは朝食に出たものをちょっと失敬して、ここに保管してみた。

もしかしたら、冷蔵庫ではなく、ポイント交換したものが腐らないのかもしれないと思ったから。

でも、この世界で育った植物を、この世界の調理器具とこの世界の調理人が作ったものであるオートミール粥も、できあがった当時の姿のままここにある。

匂いもそのまま。こわいけど毎日食べてみた結果、ここ三週間、味も変わらなかった。いつもちゃんとオートミール粥。つまり――

「冷蔵庫はタイムマシン」

この冷蔵庫、時を支配している。間違いない。

というわけで、腐らないことは確認できたので、次の段階へ進む。

この台所は私にかなり都合よく動いてくれるので、もしかしたら、と、ある考えが浮かんだのだ。

「冷蔵庫は時を止めるだけじゃなく、時を進めることもできる」

例えば、ゼリー。

固まるまで時間がかかるはずだが、この冷蔵庫ならばさっと固めてくれるのではないか。

次に、煮物。

しっかり火を通した後、冷めていく過程で味が入っていく。

だから、まだ味が染みていない状態でも、この冷蔵庫に入れれば、しみしみーとおいしくできあがるのではないか。

「それなら、トマトのオリーブオイル和えもあっという間に……」

そう。まだ和えたばかりだから、味が馴染み、おいしくなるには、一時間はかかる。でも、この冷蔵庫に入れれば、時間が短縮できるはず……！

まだ仮定の段階だけど。それを今日、証明する！

「おいしくなぁれ」

なんとなく呪文を唱えて、そっと冷蔵庫に入れる。

そして、冷蔵庫のドアをぱたんと閉めて、もう一度開けると――

「できてる……っ！」

できてる。

さっきまでフレッシュなトマトにオイルがかかっていただけだったのが、今はトマトがしっとりとしている。

トマトの角がどことなく丸くなり、全体的に赤味が増した。バジルの緑色も濃くなり、しっかりとオイルと合わさっていて……。

「一時間かかるはずが、ワンドアぱたん、で、できあがってる……！」

神かよ。

この冷蔵庫は入れた状態を保持するわけではない。

そのものにとってベストな状態にし、それを維持し続ける。しかも、そのベストな状態っていうのは、私のスキルだから私の思いのままということで……。

「好き……この台所大好き……」

冷蔵庫の前にかがみこんで、すりすりと撫《な》でる。ついでに、左手で流しの下の開き戸も撫でた。

私のスキル『台所召喚』。ポテンシャルの高さがすごい！

そうして、一しきり台所を愛でた後、部屋に戻る。

部屋に戻ればハストさんの瞬時のノックが来るかと思ったが、それはなかった。

どうやら少し時間がかかっているのか、まだ廊下にはいないようだ。

そうして、一人ソファでハストさんを待ち、ようやく扉が鳴った。

その音に待ってました、とソファからすくっと立ち上がる。

……ハストさん、喜んでくれるかな。

きっと、扉の向こうでハストさんは目をきらきらさせているに違いない。

そう思うと頬が勝手に緩んでしまう。

急いで扉を開けると、そこにはカットされたフランスパンが入ったかごを持ったハストさん。でも、その目はきらきらと輝いてはいなくて……。

「遅くなりました」

「いえ。……あの、なにかあったんですか？」

なんだかハストさんの雰囲気が違う。

不思議に思って、ハストさんの水色の目を見上げると、ハストさんは小さく頷《うなず》いた。

「少し。……食事の前にお話ししたいことが」

「あ、わかりました」

神妙な空気。

そんなハストさんの様子を見て、緩んだ頬を直した。

そして、二人で並んでソファへと座り、なにごとかとハストさんを見上げる。

ハストさんは水色の目でしっかりと私を見返して、少し低い声で告げた。

「あちらの聖女様は力が使えないようです」

「……力が使えない？」

思ってもみなかった言葉に一瞬、息を吞む。

そんな私にハストさんはゆっくりと頷いて、言葉を続けた。

「私はもうあちらには関わっていないので、情報を得るのが遅くなりました。さきほど、イサライ様の裏庭での一件をもう少し詳しく知りたいと上層部へ接触してみたのです」

「……そうだったんですね」

どうやらハストさんがすぐに部屋に戻ってこなかったのは、いろいろと情報を集めてくれていたからのようだ。

私がハーブを採り、台所を愛でている間。今日一日休みだったはずのハストさんはしっかりと仕事をしてくれていたらしい。

でも、ハストさんは王宮の人ではなく、魔獣を倒す北の騎士団にいた人だ。伝手《つて》も少ない中、私の護衛をしてさらに情報も集めてくれるなんて……。

「それで、力を使えないというのは？」

ハストさんの働きぶりに舌を巻きながらも、気になる話の続きを促す。

すると、ハストさんはしっかりと説明してくれた。

「いまだにスキルが使えない、とのことです」

「え」

え。いや、だってすごいスキルいっぱいだったよね？

「……鑑定した人が泣いてましたよね？　こんなに素晴らしいスキルを複数所持しているなんてっ

て」

「はい。確かにスキルは素晴らしいものでした。……けれど、使えなければ意味がない」

「……ですよね」

そう。いくら『聖魔法』、『魔力∞《むげんだい》』などのスキルがあっても、それを使えなければ、結界は張れない。結界が張れないということは、魔獣がやんややんやと森から出てくるわけで……。

「それで、あんなにピリピリしてたんですね」

さっきの女子高生との遭遇（生垣の隙間から覗《のぞ》いただけとも言う）を思い出す。

裏庭で会った青い髪に深い碧《みどり》色の目、眼鏡《めがね》をかけた次期宰相。私を見もせず、金髪剃《そ》り込みアシメ（当時おかっぱ）に威圧的態度を取っていたが、力が使えない聖女様である女子高生に少しの不穏分子も近づけたくなかったのだろう。

「あちらの言葉を借りれば、聖女様の心に波風を立てたくないからだそうです。同時に召喚された女性と比べるような真似は失礼であろう。心穏やかに過ごされれば、必ずスキルは使えるようになるはずだ、と」

「なるほど」

うん。まあ、わからないでもないような。

私は普通にスキルが使えてしまった。同時に召喚された一方はスキルが使えて、もう一方は使えない。確かにそれはプレッシャーになるかもしれない。

使えなきゃいけないスキルは私ではなく、女子高生なのだ。

女子高生のことを考えれば、私のようなイレギュラーな存在をそばに置くのはよくない。いらぬ問題やプレッシャーはかけたくない、と。

「じゃあやっぱり私は聖女様には会わないほうがよさそうですね」

さっき見た様子だと、女子高生は大切にされていたし、私がいたほうがしんどくなるなら一緒にいないほうがいいのかもしれない。

女子高生の周りには次期宰相や王太子とか偉い人ばかりだったし、それに逆らってもいいことはないし。

うんうんと一人で納得する。

そんな私に、ハストさんは少しだけ眉根《まゆね》を寄せた。

「……けれど、それがイサライ様をないがしろにしていい理由になるとは思えません」

そして、続いたのは私を気遣う言葉。

……まあね。女子高生に対して失礼ではないだろうが、私にはすごく失礼だもんね！

あなたがいると邪魔なので近づかないでくださいって。

いやいやそりゃ私はお呼びではなかったとはいえ、巻き込んだのはそっちじゃないか！　っていうね。

「それに……」

ハストさんがじっと私を見る。

「……私はその話を聞いて、イサライ様こそが聖女なのではないか、と思いました」

え。ええ？

「いやいや、ないですよ。それはないです」

その水色の目が冗談を言っているようには見えないので、首を横に振り、絶対にないと否定する。

片や堂々たるスキルに、うるんだ黒目がちのまるい目。若い肌は光を弾いて彼女が笑えば、世界が輝く気がする。

一方の私。台所に召喚されるという不思議スキル。確かに大好きなスキルだが、聖女感皆無。

料理や洗いものをする手は、爪は短く、ちょっとかさつきもある。そしてドライアイ。圧倒的にうるおいが足りない！

でも、そんな私にもハストさんの雰囲気が変わることはない。

神妙な空気のまま、ハストさんは話を続けた。

「……私は違う世界から聖女様を呼ぶという行為に疑問を持っています。それが国のためだとしても。それでも、この国のためにどうしてもその行為が必要だというのであれば、誠心誠意尽くしたい。その意思を尊重し、召喚された方を利用するようなことは決してしたくはない」

「……はい」

まっすぐな言葉。その水色の目を見れば、それがハストさんの真意であるというのは疑いようがなくて……。

「けれど、私のような者ばかりではありません。ここには召喚された方をいいように使おうとする者もいます。ですから、今の状況はあまりイサライ様にいいものではないかもしれません。……もし、イサライ様のスキルの力が知られれば、やはりこちらが聖女だったと方針を変えるかもしれない」

ハストさんの目が少しだけ揺れる。それはきっと私を心配しているからで……。

……ハストさんは最初から変わらないな。

その水色はいつだって優しさにあふれている。

私が望まない道に進むことがないよう、情報を開示し、私に考える道をくれる。

――いつも護衛として、そばにいてくれて。一緒にごはんを食べてくれて。

――ハストさんのせいじゃないのに、すぐに申し訳ありませんって謝って。

――休みなのに、王宮で仕事して、すぐに駆けつけてくれて。

……そんなに優しいから、私の護衛にされちゃったんだろうに。大出世だったはずなのに、それを捨ててしまって……。

――ああ。胸がぎゅってする。

「……いつもありがとうございます」

大人なんだから、そんなに優しくしてくれなくても、全然大丈夫なのに。

一人でも立ち上がれる。

泣いたって、苦しくたって、結局は自分でなんとかするしかないんだって知ってるから。

でも。

「ハストさんはかっこいいですね」

――そばにいてくれて、うれしい。

そう思えば、また頬が緩んでしまって……。その顔を一度引き締めて、しっかりと頷いた。

「私は自分が聖女だとは思えないですけど、あちらがうまくいっていないのなら、これからも目立たないように気をつけます」

だから、あまり心配しすぎなくてもいいのだ、とハストさんに笑いかける。

「いろいろありますが、こうしてハストさんと一緒にごはん食べるのはすごく楽しいです」

「そ、うですか」

そんな私になぜかハストさんはカタコト。でも、気にせず言葉を続けた。

「はい。ハストさんの包丁、すごい切れ味でした。もう一つは仕込んであるんで、あとはハストさんの持ってきてくれたパンをおいしくすればできあがりですよ」

ちょっと不自然かもしれないけれど、聖女やスキルの話は終わらせ、ごはんのことへと話題を移す。きっと、聖女やスキルの話の間はハストさんはずっと心配そうな目のまま。それもハストさんらしいと思う。

でも、私はその水色の目がきらきらしているところが見たいから――

「このパンがどうなるか、知りたくないですか?」

「……それは、楽しみです」

にんまり笑う私に、ハストさんの目が優しく細まった。

それがうれしくて、行ってきます！　と声をかけて、台所へと移動する。

そして、一人気合を入れた。

「よし！　作る！」

まずはポイント交換！　いつも通りに液晶を操作して、新しい食材を入手する。

そうして辺りが白く光ると、調理台の上には二つのものが現れた。

「ああ……バター……懐かしい……」

調理台の上にある、黄色く四角い箱。それを手に取って、思わずため息を漏らしてしまう。

バターはこちらの世界では高級品らしく、まだお目にかかったことがなかった。

バターは作るのに手間がかかるからだろう。

脂肪分の高い乳を乳脂肪と水分とに分離させる工程もめんどうだし、しかも、常温でやっていてはいつまで経っても分離しない。

ちゃんと冷やさないと、分離させるのは難しいから、きっちりとした温度管理も必要だ。

けれど、冷蔵庫なんてないわけで……。

こちらの世界で使用しているのは氷室のようなものらしい。そりゃあバターが高級品になるのも頷ける。

だから、パンにはいつもカッテージチーズだった。

でも、今回はバター。大好き、乳脂肪。

「トマト、バジル、オリーブオイルときたら最後はこれ！」

そして、バターと一緒に交換した、白くてころんとした形。

「にんにく！」

イタリアンの王様。

くさいのに最高においしくて、くさいのが最高においしい粋なヤツ。

今回使う材料はハストさんの持ってきてくれたパン、バター、にんにく。そう、作るのは……！

「ガーリックトースト！」

カリカリのパンにバターがじゅわっ。

にんにくの香りに有塩バターの塩味が効き、知らぬ間に食べきってしまう恐ろしいパン。

だいたいはあらかじめバターとにんにくを合わせたガーリックバターを作り、溶かしてからパンに塗って、トースターでカリッと焼くのが多い。

でも、私の台所にトースターはない。なので、今回はこれを使う！

「フライパンでガーリックトースト！」

最初にポイント交換した大きなフライパン。日々大活躍だけど、今日も活躍してもらう。

まずは立ち上がりの遅い電熱器でフライパンを温める。

その間にバターを箱から出し、銀色の紙を慎重に剝《は》がした。

「……バターケースがいるな」

バターの保存方法は人それぞれだと思うけど、私はあらかじめ切り分けてから保存をするタイプだった。最近ではそれ用のものも売られていてとても便利。

しっかり張られた針金の上にバターを置いて、ぎゅっと上から押す。

すると、針金で等間隔に切られたバターができあがるという、素晴らしいやつ。

だいたい5グラムで切り分けてくれるから、すごく便利だった。あれが欲しい。

けれど、今はないので、バターの塊から使う分だけ切り分けていく。

今回はいつもの厚さ2㎝ぐらいの斜め切りフランスパンが六枚なので、30グラムあればいいかな。

5グラムでカットされたバターを思い出しながら、目分量で切っていく。まあガーリックトーストのバターは多すぎるぐらいがおいしいと思うので、だいたいで大丈夫。

そうして、切り分けたバターをフライパンへ入れると……。

「うん！　この音！」

フライパンの上をバターが滑っていく。

じゅじゅっと音を鳴らしながら小さくなる姿はなんかもうかわいくも見えてくるよね……。

「いや、眺めて、喜んでる場合じゃない」

バターが溶けきらないうちに急いでパンを並べる。

そのパンは焼きたてだったようで、中身はまだふんわりとしていた。

「このパンなら片面焼きにしよう」

せっかくの焼きたてパンだから、そのやわらかさも使いたい。

トースターでガーリックトーストを焼くと両面が一気に焼ける。カリカリ食感だ。

しかし、フライパンは片面ずつしか焼けないから、今回はそれを利用する。

片面はカリッカリ。けれど裏面はまだふんわりとした食感。

そこにしっかり溶けたバターがじゅわっと染み出せば最高においしいはず！

「強火で一気に！」

パンが焦げないように弱火にしたいけれど、ここは高温で！

低い温度でじりじり焼くと、パンの水分が逃げてしまうのだ。

今日はカリッふわっでいきたいので、強火で。ただし焦げやすいので焼き時間は短めで。

そうして、パンを焼きながら、バターをまた紙で包み、箱に戻す。

バターを冷蔵庫に入れている間に、パンはもう焼き上がりだ。

そして、フライパンを電熱器から離せば、いつものようにスッと出てくるお皿。

「アシストありがとう！」

台所へお礼を言いつつ、パンをお皿へと並べていく。

強火で手早く焼いた片面はしっかりと焼き目がつき、カリッカリだ。

「にんにく、行きます」

そう。今のままではまだバタートースト。ガーリックトーストにするには、にんにくが不可欠！

まずはころんとした形の一番外側の皮を剝《む》く。そして、一かけらだけ引っ張れば、大きな塊からぽろっと取れた。

その一かけのにんにくの頭を包丁で切り、できた切れ目から薄い皮を剝いて……。

「相変わらず剝きにくいな」

皮が剝きにくいです。

薄すぎてすぐに千切れるし、なんか指にくっついて邪魔をしてきます。

本当に、にんにくの皮はいつだって剝きにくい。

しかも、それだけではなく、調理する際は手に匂いもつく。ちゃんと洗ってもなんか匂い取れないなってなるんだよね……。

でも、またにんにくを使ってしまう……だっておいしいから……にんにくって罪な子。

にんにくに翻弄《ほんろう》されながらもつるっとさせると、切断面を上にして、手に持つ。

そして、もう一方の手で焼き上がったパンを持って……。

「あつっ」

当たり前だけど熱い。パン熱い。でも、料理に熱さ冷たさはつきものだから……！

「あついっ……あつっ……っ」

一人で戦いながら、カリカリに焼けた面に、にんにくを擦り込んでいく。

すると、おろし金のようになったパンに削られ、にんにくの香りが一気に辺りへ漂った。

「いい匂い……食べたい……あちっ」

その香りに思わずごくっと唾《つば》を飲む。

にんにくは本当に食欲が増す香りだと思う。

フライパンで焼くときにみじん切りにしたにんにくを入れてもいいんだけど、焦げやすい。

それに、やっぱり生のにんにくをこうして擦ると、食べたとき口に広がる香りが違う。……まあ、熱いけどね！

そうして小さくなるにんにくと戦いながら、六枚全部に擦り込めばガーリックトーストのできあがり！

包丁を洗い、納めてから冷蔵庫のワンドアぱたんでできあがっていたトマトのオリーブオイル和えも取り出す。

しっかりと焦げ目がついたガーリックトーストの裏面はまだふんわりとしている。

トマトはオリーブオイルとしっかり合わさり、光をきらきらと弾いた。

「トマトのブルスケッタ！」

ガーリックトーストとトマトのオリーブオイル和え。

それにスプーンをつければ、この二つを合わせて一品！

「『できあがり！』」

その言葉を合図に台所から部屋に戻る。

そして、待っていてくれたハストさんに向かってにんまりと笑った。

「ハストさん！」

扉のそばに立っていたハストさんは、そんな私に水色の目をきらきらと輝かせる。

「それが、今日の料理ですか？」

そんなきらきらと輝く水色を見ていると、なんだか胸が弾む。

だから笑顔はそのままで、手元にあるお皿を見せた。

「トマトのブルスケッタです」

ガラスの器に入ったトマトのオリーブオイル和え。

真っ赤な色が鮮やかで、オイルに濡《ぬ》れてきらっと光る。

そして、もう一つのお皿にはガーリックトースト。

焼きたてのあつあつ。にんにくの香りがふんわりと広がった。

それを見たハストさんがごくりと唾を飲んだ。

「……なんていい香りなんだ」

思わずといったように呟《つぶや》くハストさん。

そう。もうこの部屋はにんにくに支配されている。にんにくの力すごい。

「夕食前なので、しっかりしたメニューではないのですが……。あ、ハストさんの包丁の試し切りができました。すごい切れ味で、さすがハストさんの作ってくれた包丁です」

「そうですか」

「はい。本当にありがとうございました。サイズもぴったりで、研ぎ方も最高で……このトマトを切ってみたんですけど、すごいんです！　スッて切れるんです。力も入れていないのに、ストン、スッ、スッ、スッっていう……」

ハストさんとともにソファへと移動して、二人で横並びになって座る。

そして、手に持っていたお皿をティーテーブルに載せると、改めて包丁のお礼を言った。

さらに使い心地を報告していく。

身振り手振りも交えながら、本当にすごいんだ、と。

なんだか擬音語ばかりでうまく伝えられているかはわからない。でも、本当にうれしかったから。

だから、勝手に緩んでしまう頬をそのままにハストさんを見上げる。

すると、ハストさんはそんな私を見ながら、優しく目を細めていて……。

「……あなたが笑ってくれるなら、こんなにうれしいことはないです」

……っ！　出た！　私を氷漬けにさせる、大人の余裕の笑み……！

ピシッと体が凍る。

でも、なんとか動揺しないよう、心を落ち着けるために目を閉じる。

そう！　氷漬けにさせる笑みも見なければ、固まらない！

「……ではごはんを食べましょうか」

目を閉じたまま、できるだけ冷静な声を出した。

うん。これなら動揺は伝わらないな。

今度、金髪剃《そ》り込みアシメにも目を閉じればいいよ、と教えてあげよう。そうしよう。

「それで、これはどういった料理なのですか？」

そうして氷漬けを回避していると、ハストさんからいつもより弾んだ声がかけられた。

その言葉にそっと薄目を開ける。

ハストさんの水色の目はティーテーブルに置かれているごはんに夢中。どうやら氷漬けの笑顔は終わったらしい。なので、安心してしっかりと目を開けた。

そして、ごはんの説明へ！

「これはトーストにオイルで和えた具材を載せるものなんです」

「上に載せるんですか？」

「はい。こんな感じで……」

トマトのオリーブオイル和えをスプーンで掬《すく》う。

そして、それをガーリックトーストの先のほうに落とした。

「いろんな具材があるんですけど、今回はトマトにしてみました。こうしてトマトを掬って、パンに載せてみてください」

「なるほど」

「具材を先に載せてもいいんですけど、トマトは水分が多いので、パンに水分が染み込んでしまうんです。なので、食べる前に載せるのがおすすめです。さらに、一枚にたくさん載せすぎると食べにくいので、一口分ずつ載せて食べると、きれいに食べられます」

こんな感じ、と、ガーリックトーストに一口分だけ載せたトマトを見せる。

そして、はい、とスプーンをハストさんへと渡した。

「なるほど。左手でパンを持ち、右手でスプーンを使いトマトを載せる。そして、そのまま二つを一緒に口に入れればいいんですね」

「はい。食べてみてください」

私からスプーンを受け取ったハストさんが目をきらきらさせて、そっとトマトを掬う。

銀色の上に載った真っ赤な色がとてもきれいだ。

トマトには少しだけバジルもついていて、きっと口に入れればその香りも広がるはず。

ハストさんは一口分のトマトをガーリックトーストに載せると、それをがぶりとかじった。

カリッというパンの砕ける音が少しだけして、ハストさんの口からガーリックトーストが離れる。

ちょうど三分の一ほどを口に入れたハストさんは、それを味わうように目を瞑《つぶ》り、もぐもぐと口を動かした。

「……うまい」

――いつもの、おいしいのしるし。

「もっと固いトマトを想像していましたが、しっとりとやわらかく、とても甘いのですね。酸味もあるけれど、トマトのうま味がぎゅっと濃縮しているような気がします」

「はい。トマトをオリーブオイルで和《あ》えるときに少しだけ塩を加えているので、余分な水分が出て、うま味が増しているんです。塩の少しのしょっぱさが逆に甘味を引き立てるんですよね」

そう。すいかに塩。おしるこにも塩。隠し塩の神秘がここに！

「この香草の風味もいいですね」

「あ、これは料理長のハーブ畑のものです」

「あの、たくさんの葉が茂っていたところですね。そういえば、先ほどパンをもらいに行ったとき、料理長が喜んでいました。やっと香草をわかるやつが現れた、と」

そうなのか。私がハーブをくださいと言ったときは好きに採れば？　みたいなツン感だったけど、ハストさんにはデレてたのか。知らなかった。

「それに、パンもおいしいです。にんにくの香りがしっかりして、それにこれはバターですか？」

「はい。バターでカリッと焦げ目をつけた後、にんにくの風味をつけました。私の大好きな食べ方の一つです」

「バターの塩分がしっかりありつつも、パンのよさもそのままで……。裏面はやわらかいままなので、小麦の味もわかりますね」

「あ、それに気づいてくれるとうれしいです」

ハストさんの言葉にうれしくなってしまう。

さすがハストさん。私の目指した味をわかってくれてる！

バターとにんにくでパンの風味を覆い隠してしまうわけではない。小麦の味もしっかりと味わってくれると、自分の意図がちゃんとうまく伝えられたんだ、とほっとする。

うれしくってにんまり笑うと、ハストさんが残りのパンにまたトマトを載せた。

「この香りが食欲をそそりますね……これはいくらでも食べ進めてしまう」

ハストさんが困った、と言葉を漏らす。

その真剣さがおかしくて、ふふっと笑った後、私も手元にあるパンを口に運んだ。

「んー！　おいしい！」

――我ながらおいしい！

トマトはしっかりオイルと合わさり、甘さが濃くなりつつも、しっとりジューシー。

そんなトマトのしっとり感とガーリックトーストのカリカリの食感。そして、少し火が通ったことで、より小麦の風味が感じられるようになったフランスパンの味。

どの味もおいしい。そして、おいしい味が合わさると、もっともっとおいしい！

「これは本当に止まらないですね……」

ハストさんの言った通りだ。

バターとにんにくがたまらない。それに合わさったトマトの酸味がさっぱりとしていて、ついついもう一口食べてしまう。

ハストさんは二口目もあっという間に食べ終わり、三口目に入ろうとしていた。つまりパンを一枚食べきってしまうわけで……。

包丁を作ったり、少し話をしたりでおやつ時は回ってしまったから、夕食まであと少ししかない。わかっているのに止まらない。これはまずい。私ももう一枚食べたい。夕食のことなんか考えずに食べすぎてしまいそうだ。

「……これはトマトがおいしいのか」

二枚目のパンを食べ終わった後、ハストさんが言葉を漏らした。

そして、探るようにじっとトマトを見つめる。

「こちらではこんなに皮が薄く、糖度の高いトマトはありません。主に調理をするため、皮は厚く、身も固い。甘さよりも酸味があるタイプが多いです」

ハストさんが、おいしいトマトですね、と感心したように呟く。

私はその言葉でなんだか胸がきゅうっとして……。だから、それに少しだけ微笑《ほほえ》んで返した。

「……これは、私のいた場所のトマトだからですね」

──そう。これは日本のトマト。

ポイント交換で手に入れたそれは、いつも私が食べていたもの。ずっと食べてきた、おいしい味。

「私のいた場所ではトマトは生で食べるんです」

「生で？」

「はい。トマトと言えばサラダって感じで……。あ、あと、ごはんを鮮やかに見せてくれるつけ添えとして、そのままカットしてお皿に載せるんです。なので、そのままでも食べやすいように皮は薄く、身は固すぎず。酸味よりもしっかり甘いトマトが定番ですね」

サラダにはトマト。お弁当の空いた隙間にもトマト。とんかつの横にも、からあげの横にも。

和食にも洋食にもそっと載せられる、赤い色。

「私はこのトマトが好きです。皮が薄くて、甘くて。そのままかじって食べられるトマトって最高だなって思います」

そう。好きだった。日本のトマトが。

「でも……きっと、ここのトマトも好きになれる」

こちらをじっと見ている水色の目。

それがまた心配そうに揺れるから、仕方ないなぁと笑いかけた。

「ここのトマトにはここのトマトのよさがある。それを引き出す調理法がある。……せっかく異世界に来たんだから、もっといろいろやってみたいです」

――楽しいことを探して。

――できるだけ笑って過ごせるように、気持ちを上げて。

――そうすれば私はどこででも生きていける。

「……あちらの聖女様がスキルを使えず、この国からイサライ様に対して、不条理な命令が下ることがあるかもしれません」

「ああ……まあ、そんなこともありますよね」

大丈夫だ、と笑いかけたつもりだった。ハストさんは心配しなくてもいいんだよって。

でも、ハストさんはあえて、聖女の話をもう一度始めた。私にとって、不利になることがあるかもしれない、と。

「もし、そうなったら……」

水色の目はまっすぐ。私をじっと見つめていて……。

「私があなたをお連れします」

そして、しっかりと言葉を発した。

「イサライ様の意思に反して、なにか強制されるのならば、ここから出て行きましょう」

「え、いや、それはもちろん自分でも生きていく道を考えますが、ハストさんにそれをお願いすることは……」

そのハストさんのまっすぐさに思う存分戸惑う。

だって、ハストさんはこの国の騎士だ。

私が最終的にこの国から逃げ出すこともあるかもしれないが、それにハストさんを付き合わせるつもりなど毛頭ない。

今だって大出世だったはずが、行き遅れの落ちぶれ令嬢の護衛なんていう不名誉な役割として周りから見られている。これ以上なんて求めていない。

けれど、ハストさんは私の言葉を遮って、強い力で私を見た。

「私はあなたの料理を食べれば、無敵だから」

その水色の目が勝手に胸を弾ませるから。いつもいつもあたたかいもので包んでくれるから。

だから、その言葉はすんなりと私の心に入り込んで……。

……そっか。私のごはんを食べると強くなっちゃうんだよね。

普通にしてても強いのに、私のごはんを食べると、スキルが強くなり、なんか気みたいなのも使えるようになるんだよね。

……それって確かに無敵かもね。

「ハストさん――」

断ったほうがいい。

ハストさんは真面目な人だから、私が言えばそれを実行しようとがんばってしまう。

「――連れて行ってください」

でも、口から出たのは思ってたのとは違う言葉で……。

「この世界の楽しいところをいっぱい教えてください。おいしいものをいっぱい教えてください。

見たことない景色を見せてください」

「はい……ぜひ」

私の言葉にハストさんが鼻の上をくしゃっとさせて笑う。

本当にうれしそうな無邪気な笑顔に、なんだか私はどんな顔をしていいのかわからなくて……。

すると、ハストさんはスッとソファから下り、私の右手を取った。

「……必ず、あなたを守ります」

そして、そっと唇を寄せる。

騎士っぽい仕草に騎士っぽい言葉に騎士っぽい騎士が騎士で……騎士⁉

「ま、待ってください！　さっきにんにくを調理したからにんにくが……！」

そうだよ！　にんにくはハンドソープなんかに負けない強さがあるんだよ……！　私の手はおいしい匂いのままのはずだよ……！

ハストさんの行動を止めるため、急いで右手を引き抜こうとする。

けれど、ハストさんは慌てる私を見上げて、また大人の余裕が感じられる、年上らしい顔をした。

「おいしそうな手だ」

そして、私を見たまま、唇をしっかりと私の手に触れさせた。

「……ひっ」

思わずＨＩが出てしまったが、だって、これは仕方ない！

だって、寸止めじゃない！　ちゅってキスした！　にんにくの残り香にハストさんがちゅうしたあ！

「ハストさぁん」

懇願するように名を呼べば、ハストさんはますます笑みを深くする。

そして、私を見上げて、そっと呟《つぶや》いた。

「この命はあなたのために」

四品目　スポーツドリンク風デトックスウォーター〜美少年を添えて〜

ハストさんの命をもらってしまった、にんにくの残り香事件から数日。

いまだに思い出しては、心からなにかがあふれそうになる恐ろしい事件だった……。

なんかふとした瞬間に思い出して、一人で悶《もだ》えてしまうんだよね。こわい。

そんな悶える日々の中、今日は料理長のハーブ畑に来ていた。

「ミントとローズマリーでいいかな」

ハーブの前に座り込み、どの種類を採取しようかと、物色する。

朝の光に照らされた緑は、とてもきれいだ。

そんな青々と茂った緑を見ていると、心がゆっくりと落ち着いてくる。ハストさんの色気あふれる表情をハーブたちが上書きしてくれるのだ。

緑に白の模様がかわいいパイナップルミント。

きれいな緑のペパーミント。

つんつんと尖ったローズマリー。

必要な新芽の部分を採れば、それぞれの香りがふんわりと漂ってきて……。

「ああ……癒される……」

パイナップルミントの甘いながらも爽《さわ》やかな香り。

ペパーミントのスッとする香り。

そして、ローズマリー特有の少し刺激のある強い香りが広がる。

「……今日みたいな日だったらいいのに」

そう。なにもにんにくを調理した手にキスすることはないじゃないか。

今日みたいな爽やかな香りに包まれた手にしてくれれば——

「——いや、ちがう。それもちがう」

そうだった。そもそもキスがよくない！

にんにくだろうとハーブだろうと、あんな色気はよくない。よくないったらよくない！

せっかくハーブの癒し効果で忘れていたのに、また悶えを思い出してしまった。なので、それを振り払うために頭を左右にぶんぶんと動かす。

すると、背後からあのお馴染《なじ》みの声が響いた。

「ははっ！　田舎者《いなか》がなにをやっている！　髪に虫でもついたのか！」

うん。今日も元気な高笑い。

「おはようございます」

「お前につく虫がいるとはな！　物好きな虫もいるものだな！」

私の挨拶《あいさつ》をまるっきり無視して、今日も高らかに笑っている。

どうやら今日の笑いのツボは虫らしい。

「あ、ハストさん」

「ふん！　またそれか！　だから私が何度も同じ手に――」

「今日も口が減りませんね」

「ひぃっ⁉」

そして、いつもの悲鳴も追加してくれる金髪剃《そ》り込みアシメ。

そんな金髪剃り込みアシメの背後から、吹雪《ふぶき》をまとったハストさんがスッと姿を現した。

「っ……お前、さっきまでいなかったはず！」

「いいえ。私は常にイサライ様のそばにいます」

怯《おび》えて後ずさる金髪剃り込みアシメに対し、ハストさんはあくまで無表情。

こわい。吹雪も表情もセリフも。全部こわい。

あのにんにくの残り香事件の後から、頑なに休みを取ろうとしなくなったので、そのセリフが事実なことがよりこわい。

「ハストさん。やっぱり休みませんか？」

「それについては何度も話しましたが、私はイサライ様の護衛をしたいのです」

そんな私の言葉にハストさんはしっかりと首を横に振る。

そう。実はハストさんに休みを取る姿勢がまったくなくなったのだ。

先日、女子高生を見かけたり、包丁を作ったりでせっかくのハストさんの休みを潰《つぶ》してしまった。

だから、次の休みは早めに……と思ったら、なんと、休みは一切いらない、とハストさんは言い出して……。

　まさかの社畜宣言。

　折に触れ、さりげなく休みを勧めているのに、全然ハストさんに響かない。むしろ、その姿勢は強くなる一方で……。

「もちろんイサライ様が一人になりたいと言うのでしたら、それは叶《かな》えたい。けれど、イサライ様の護衛は私一人です。私がいないときになにかあったらと思うと、むしろ、イサライ様のそばにいないときのほうが休まらないのです」

　ハストさんが金髪剃り込みアシメから私へと視線を移す。

　いつも優しく、時に色気をあふれさせる水色の目が、今は少し悲しみをたたえていた。

「イサライ様は私に元気でいて欲しいとおっしゃってくださった。私が元気でいられるのはイサライ様のそばなのです。……どうか、護衛をすることを許して欲しい」

　あ、あ、あ……。吹雪の中、親グマを見失い、必死で探す子グマ感……。

　おかあさーん！　って聞こえる。うんうんうん、大丈夫！　おかあさんはここよ！

「……無理のない範囲でお願いします」

　思わず出てしまうその言葉。

　何度もやりとりを続けるうちに、より子グマ感が増してきたような気さえする。

　……そう！　私はこうしてハストさんに休みを取ってもらうことに失敗し続けているのだ！

「なんだ、北の犬は休日も知らないのか！」

そんな私たちのやりとりを聞いて、金髪剃り込みアシメが俄然《がぜん》強気になった。

「しっかりと休みを取ってこその仕事。休まず続けたからといって、それが正しいとは限らない。効率的な仕事ぶり。充実した私生活。それができる男だ」

うん。そうだね。全然仕事をしていない金髪剃り込みアシメが言うとびっくりするけどね！

誇らしく胸を張る金髪剃り込みアシメ。

ハストさんはそんな金髪剃り込みアシメに向き直ると、確かに、と頷《うなず》いた。

「はい。その通りかもしれません。そんな私をイサライ様は気遣ってくださいます。ずっと部屋に籠《こも》っていてはよくない、と」

そして、水色の目がぎらっと輝く。

「――ですので、これからは毎日、こちらで訓練をしようと思います」

「は？　訓練？」

ぽかんと口を開ける金髪剃り込みアシメ。

「はい。私はここでハーブの世話。ハストさんは騎士団の訓練場で体を動かせばいいかな、と。場所も結構近いですし」

そんな金髪剃り込みアシメのぽかん顔を見ながら、私もうんうんと頷いて言った。

休みを取ってもらうことには失敗し続けている私だけど、できるだけホワイト護衛対象でいたい。

結果、護衛されながらも、ハストさんの望みも叶えられるように行動すればいいんじゃないかという結論に達したのだ。

ハストさんはもう少し体を動かしたい。でも、私を置いて一人で訓練に行くような人ではない。

それならば、私がついていけばいいのだけど、私がなにもしていないのも気になってしまう。

ならば、とハーブの世話をすることにした。

あまり世話がいらないのがハーブのいいところだけれど、それでも最低限の世話は必要だ。

ハーブの世話をすれば、ハストさんは気にせず訓練ができ、私もハーブの色や香りに癒される。

しかも、料理にも使える。さらに、ここの世話をしていた料理長も喜び、ハーブ自体も生き生きとする。まさに一石五、六鳥。

そんなナイスなアイディアなのに、金髪剃り込みアシメは呆然《ぼうぜん》としたまま呟いた。

「毎日……訓練……？」

「はい。以前、稽古《けいこ》をつけていただいたときも、とてもためになりましたので。ぜひ、またお願いしたい」

ハストさんの言葉に、金髪剃り込みアシメがさっと目線を自分の腰元に走らせる。

そこにあるのはきらっきらの剣。家宝の剣その2。

あれからすぐに腰に佩《は》いていたから、作るのをすごく急がせたのだろう。ちゃんと直ってよかったね。

「私たちは忙しい！」

「はい。聞き及んでいます。ですので、既に上には掛け合いまして、朝のこの時間帯であれば、余裕がある者もいると聞きました。許可もいただいております」

「……くっ」

「さあ、訓練を始めましょう」

ハストさんの水色の目に追い立てられるように、金髪剃り込みアシメが騎士団の訓練場へと向かっていく。

……まあ、わかってたけど騎士団で一番暇しているのは、金髪剃り込みアシメとその取り巻きたちだ。つまり、ハストさんの訓練相手は彼らになるわけで……。

金髪剃り込みアシメは一度、詰所に入ると、中にいたと思われる取り巻きたちを連れてきた。彼らの腰には剣はない。

きっと前回のことがあるからだろうね。ちゃんと金髪剃り込みアシメが指示をしたようだ。

なので、今日は前回と違い、その手には真剣ではなく、訓練用と思われる剣を持っていた。

そして、ハストさんは訓練場に置かれていた木の棒を手に持って……。

金属の剣の多人数対、木の棒一人。圧倒的にハストさんの不利……！

「でも、まあね……。そうなるよね……」

遠くから見ているだけでわかる圧倒的な実力差。

ハストさんは前回と違い、気を封印しているようで、一気に周りの者が失神するようなことはない。けれど、ハストさんにかかれば、得物の違いや多勢に無勢は関係ないようで……。

――ひとり。

――またひとりと髪が散る。

両サイドを刈り込まれた者、すべて刈り込まれ、さらに右側頭部にだけ稲妻形に剃り込みを入れられた者。左側だけ剃り込まれた者。なんとかすべてを守りきっている者。

……警備兵だからか、彼らはそれなりにしっかりした体つきをしている。男性ばかりだし、ちょっと男臭さもあるというか。

そんな人たちがさまざまな髪型になると、こうさ。こう、心にくるものがあるよね。

「……さんだいめ」
Ｋ　Ｂｉｈｅｉ
「ブラザーズ……」

――バーバーシロクマは今日も大繁盛です。

朝から大繁盛なバーバーシロクマ。

そうして、しばらくハーブの世話をして、その訓練を見ていたが、部屋へと戻ることにした。

実はこの機会に作りたいものがあったのだ。

ハストさんへ声をかければ、当然のように訓練を切り上げ、私についてこようとしたが、それはなんとか思いとどまってもらった。

「差し入れをしたいのに、差し入れをしたい人が訓練をやめたら意味ないもんね……」

そう。実はハストさんが訓練をすると聞いてから、何か差し入れができたらいいなぁと考えたのだ。

いつも食事を一緒にとっているが、それはやっぱり私が食べるから、ハストさんにも作っているような感じがある。なんかこう、ついでに感が。

だから今回はハストさんのために作ろう！　と思い立った。

なので、ハストさんには訓練を続けて欲しい。サプライズというわけではないけれど、訓練をして汗をかいたときにそっと差し入れをしたいから。

というわけで、私が一人で行動することに難色を示すハストさんをなんとか説得した。

最終的に、女性にはいろいろあるのだ、という、男性には反論しにくい奥の手まで使ってしまったけれど、今回は仕方がない。

母グマに置いていかれる子グマ感もなんとか乗り切ったのだ！

そうして、部屋から台所に移動すると、まずは液晶を確認した。

「うん。順調にたまってる」

そこに表示されているのは、これまでのポイント獲得履歴。

ずらずらと並ぶ文字列を見れば、私のスキル『台所召喚』のポイントシステムについても、かなりわかってきた。

まず、ごはんを作って獲得できるポイントはそれぞれの料理によって異なるということ。

やはり、材料を多く使い、手間がかかったもののほうがポイントが高い。

そして、次にわかったことは、初めて作る料理はポイントが二倍になるボーナスがつくということだ。さらにアレンジを加えれば50ポイントも追加される。

つまり最初に作ったベーコンエッグは本来なら１００ポイントの料理。それを初めて作ったということで100ポイントが二倍になって、200ポイントをもらえた。

その後、黒こしょうをかけると150ポイントになったのは、ベーコンエッグの100ポイントにアレンジをした50ポイントが加算されたというわけだ。

この初回二倍ボーナスのルールは『騎士の笑顔』にも適用されていた。

あれから何度もハストさんにごはんを食べてもらっているが、『騎士の笑顔』で2000ポイント獲得できたのは最初だけで、次からは1000ポイントになったのだ。

「つまりこのスキルは作ったことのないごはんを作り、食べたことのない人に食べてもらうと進化する」

新しいごはんをどんどん作り、新しい人にどんどん振る舞う。効率よくポイントを獲得するには、それが一番だ。

けれど、私の料理はただのごはんではない。食べると強くなるという曰《いわ》くつきのもの。

それをたくさんの人にあげるというのはちょっと……。

「なんだか作為的なものを感じるよね」

うん。こわい。『台所召喚』……！　おそろしい子……！

「最初にハストさんにいろいろと話をしてもらってよかった……」

本当にそう思う。

もし、ハストさんが私のことを気にかけてくれなかったら、ポイントに目が眩《くら》んだ私はいろんな人にごはんを作り、その効能は即バレしていただろう。

自分の道を選ぶなんてことができるはずもなく、あっという間に身動きが取れなくなっていたと思う。

ハストさんさまさま。本当にハストさんさまさま。

だから、これは感謝の気持ち。あたたかくもうれしい、そんな気持ち。

なのに、その気持ちはある一点を見ると、妙にざわざわと胸を焦がす。

『騎士の誓い　3000pt《ポイント》』

……そう。なんだか表示が変わった。3000ポイントは二倍ボーナスだから、二回目からは1500ポイントになるけれど、それでも獲得できるポイントが増えた。

これはハストさんに食べてもらうともらえるポイントで『騎士の笑顔』という表示だったのだ。

なのに、今は『騎士の誓い』という表示へと変わっていて……。

「やっぱり、あれがあったからだよね……」

ふと恥ずかしい記憶が蘇《よみがえ》る。

ハストさんがにんにくの残り香にキスした事件。寸止めじゃなかった事件。なんか色気が感じられてどうしようもできなかった事件。最初のキスはにんにくのフレーバーがしたというあの……。

「いや、うん。いや、待って。大丈夫。ここで悶《もだ》えてもどうしようもない」

落ち着いて。私。落ち着いて。あたたかくもうれしい気持ち、戻って。

「とにかく差し入れ！」

気持ちを切り替えるため、パンッと胸の前で手を打つ。

そして、これから使う材料を交換していった。

「洋梨にオレンジにレモン。それから――」

必要な材料を選択し、交換を終えれば、いつも通りに台所が白く光る。

ポイント交換で手に入れた材料に、さっき採った朝摘みのミントとローズマリー、それからいつももらっているはちみつを準備すれば、あとは調理するだけ。

「よし、作る！」

調理台へと進めば、そこにはさきほど交換したばかりの新しい調理器具。

やっと手に入れたそれを感慨深くそろりと撫《な》でた。

「片手鍋《なべ》だぁ……」

なんの変哲もない長い柄のついた、18㎝のフッ素加工が施された鍋。

ホーローのかわいいやつやオールステンレスのかっこいいやつ、アルミのものなどさまざまあるけれど、今回は使いやすさ重視にした。

焦げつかない、ガラス蓋《ぶた》で中身が見られる、取っ手が樹脂なのでそのまま持っても熱くない。最高です！

「まぁ今日はお湯を沸かすだけだけど」

せっかくの新しい調理器具だけど、特別なことをするわけではない。今まではフライパンしか持っていなかったんだけど、今回はフライパンでは浅すぎるのだ。

なので、深さがあればなんでもよかった。ミルクパンでも両手鍋でもパスタ鍋でも。結果、必要ポイント数が少なく、汎用《はんよう》性が高そうな片手鍋にした。

そんなわけで、新しく手に入れた片手鍋を簡単に洗った後、水をため、電熱器へと載せる。

相変わらず、電熱器の立ち上がりは遅いし火力も弱いので、お湯が沸くまでしばし我慢。

そうして、お湯が沸いたとき、私の心を読むように、調理台の上にガラス瓶が出現した。

「さすが……。さすが私の台所……！」

その心の読みっぷりに思わず声が出てしまう。

いや、きっとうまくいくだろうとは思っていた。この台所ならやってくれるだろう、と。その信頼を裏切らない仕事っぷり。

今回は調理後に器を使うわけではなく、器で調理をするのだ。グラタンを焼いてそのまま出すような感じ。

私のやりたいことをしっかり察知してくれるこの台所は本当にすごい。

付き合えば付き合うほど好きになる。なんというスパダリ感！

「あ、これぐらいのガラス瓶ならあるんだね」

そんなスパダリ台所が出してくれたガラス瓶をしげしげと眺める。

どうやら、台所が出してくれるお皿などは、この世界にある技術を基準にしているらしい。

だから、プラスチックなどは出てこず、陶器のお皿やこういうガラス容器が出てくるのだ。

今回出てきた容器はガラス製で金属の蓋がついている。

ジャムが入っている瓶のような感じで、大きさはちょうど缶ジュース一本分ぐらいかな。

日本ではメイソンジャーと呼ばれている、広口のガラス瓶だ。

「よし。まずは煮沸消毒」

そのガラス瓶をさっと洗い、片手鍋で沸かしたお湯の中へゆっくりと入れた。

ここまでしっかりしなくてもいいかもしれないが、今回の目的は差し入れ。人にあげるものだし、容器の中で調理をするものなので、しっかりと処理をしておきたい。

そして、ガラス瓶を煮沸消毒する間に次は果物の調理へと取りかかった。

ポイント交換した果物は洋梨、オレンジ、レモン。

今回はこれを皮ごと使いたいので、まずは皮をしっかりと洗っていく。

「これ、全部日本産なのかな」

ふと疑問が浮かぶ。

そもそもポイント交換で手にしたものに、どこもここもない気はする。けれど、皮ごと使う食材は国産のものを選ぶようにしていたからちょっと気になる。農薬や防腐剤を気にしすぎてもしょうがないとは思うけど、一応ね。

「……推定国産ということで」

外国産だったら皮を剝《む》いちゃうけど、今回は皮ごと使いたい。なので、国産だと信じ、皮ごと使うための下処理をする。

水洗いをした果物にどばっと塩をかけて、ジョリジョリと果物を磨いていくのだ。

これぞ、必殺・塩洗い。

よくわからないけれど、すべてを清め、すべてを正にする力を持っている。

そんな必殺技で表面に塩を擦りつけていく。レモンとオレンジはしっかり。洋梨は傷つきやすいので優しく。

そうしているうちにガラス瓶の煮沸消毒も終わったので、一度布巾《ふきん》の上に取り出した。熱いので慎重に。

そして、もう一度お湯を沸かし、洗った果物を投入！

これぞ必殺・茹《ゆ》でこぼし。

よくわからないけれど、すべての悪を倒し、すべてをまっさらにする力を持っている。

お湯の力で不要な成分を落としたいけれど、果物に火を通したいわけではないので、一、二分で終わらせ、もう一度流水で洗う。

これで、容器と果物の下処理は終わり！　あとはもう詰めるだけの簡単調理だ。

洋梨をくし形に切り、オレンジは一口大、レモンは輪切りにする。

そして、それを煮沸消毒したガラス瓶にきれいに配置した。

「……かわいい」

しっかりと追熟された洋梨は淡い黄色に。オレンジは皮も実も鮮やかな橙色《だいだいいろ》で断面は果汁に濡《ぬ》れ、きらっと光っている。そこに眩《まぶ》しい黄色のレモンが入れば、たくさんの色がガラス瓶に反射して……。

「きれいだな……」

ガラス越しに見る果物ってなんでこんなにかわいいんだろう。

さらにここに朝摘んだ、パイナップルミントにペパーミント。それにローズマリーも一緒に入れた。

すると、イエロー系だった瓶にビビッドなグリーンが映える。

「水を入れたらもっときらきらになるしね」

想像するだけで、その色と輝きが想像できて……。

ここに水を入れれば、ガラス瓶の中はきらっきらになり、それはもうかわいくなるはずだ。

そう。作っているのはデトックスウォーター！　フレッシュな果物やハーブを水に漬ける料理だ。

デトックスウォーターは果物の皮にある栄養素を水に溶かし、その水を飲むことで、身を食べるだけよりも、よりたくさんの栄養を摂取することができるという料理だ。

さらに水分をとることで体内にある悪いものを排出できる。つまりはデトックス。

果物を入れた水を飲むだけでデトックスできるなんて素晴らしいが、私自身が効能をすごく信じているわけではない。

「うん。やっぱりかわいい」

だって、かわいいから……。ごはんは見た目も大事だから……。なんといっても、デトックスウォーターは見た目が本当にかわいいのだ！

「あとは水を入れればできあがりだけど、今日は運動の後だから、味もつけたいんだよね」

普通なら水だけを入れるのがデトックスウォーターなんだけど、ハストさんへの差し入れということで、味もつけていく。

訓練で汗をかくはずだから、水分補給とともに、塩分と糖分も補給できるようにしたいのだ。

要はスポーツドリンク。オレンジやレモンに含まれるクエン酸も疲労回復に貢献してくれるはずなので！

塩分濃度は０・１～０・３％ぐらい。

果物をたくさん詰めたガラス瓶に入る水は２００ccぐらいなので、塩は少々。親指と人差し指で軽くつまんだぐらいだ。

それをガラス瓶へと入れ、さらにはちみつをスプーン一杯ほど入れる。

本当は混ざりやすいようにはちみつを少し温めたり、塩とはちみつをあらかじめ混ぜたりするのだけれど、今回は省く。

「よし。最後にミネラルウォーター！」

すべての材料を入れ終わったガラス瓶に、５００㎖のペットボトルのミネラルウォーターを入れていく。

これもポイント交換したものなので、いつものあのパッケージだ。

果物とハーブが水に浸かるよう、それをなみなみと注いだ後、しっかりと金属製の蓋を閉めた。

「あとは冷蔵庫にお任せ」

そう。それがはちみつと塩をなんの工夫もなく瓶に投入した理由だ。

――だって私にはワンドアぱたん冷蔵庫があるから！

今はガラス瓶の底にたまっているはちみつも、冷蔵庫に入れればきれいに溶ける。ついでに塩も溶ける。さらには三時間ほどかかるはずの漬け込み時間もすべて短縮できる！

あまりの素晴らしさにくっくっと含み笑いをしてしまう。

そうして、にんまりと笑いながら冷蔵庫にガラス瓶を入れた。

「おいしくなぁれ」

冷蔵庫の扉を閉め、なんとなく呪文を唱えた後、再び冷蔵庫を開ける。

そこにはしっかりとできあがったデトックスウォーター！

「ああ……かわいい……」

手に持てば、ガラス瓶はしっかりと冷えている。

オレンジとレモン、ハーブにあまり変化はないけれど、洋梨は少しだけしんなりとしているように見えた。

見た目はガラス瓶に入れたときと同じように、どれもきらきらとしている。

でも、味はしっかりと出ているはずで……。

「うん。ちょっと味見してみよう」

おいしくできているはずだけど、差し入れをする前に味を確かめておきたい。

なので、冷蔵庫から調理台へと移動すると、小さ目のガラスのコップが現れた。

「え。味見用のコップも出してくれるの？」

たぶん、このコップはそのために出現したんだと思う。

なに、この台所。スパダリ感が天元突破してる……。

「好き……」

あまりに優しい気遣い。思わず言葉を漏らし、調理台をすりすりと撫《な》でてしまう。

そして、スパダリが出してくれたコップでデトックスウォーターを味見してみれば……。

「おいしい！」

すっごくおいしい！　色は透明なただの水なんだけど、しっかりとそれぞれの風味が出てる！

デトックスウォーターからくる、レモンとローズマリーの爽《さわ》やかな香り。

口に含めばオレンジとレモンの酸味がある柑橘《かんきつ》の味がしっかりとして、それにはちみつと塩がとっても合っている。

まさにスポーツドリンク！　フレッシュなスポーツドリンク！

さらに、味はそれだけじゃなく、喉元《のどもと》を過ぎる頃には口の中に洋梨の甘い香りが広がった。

そして、飲み込んだ後に口の中に残るのはミントの清涼感。

すごい。香りが幾重にも重なっている。香りが層になってる！

「……これなら、ハストさんも喜んでくれるかな」

その香りを楽しめば、思い浮かぶのはあの笑顔。

……うまい、って。呟《つぶや》いてくれるかな。

その姿を想像すれば、なんだか胸がふわふわして――

「よし！　急いで持って行こう！」

――スポーツドリンク風デトックスウォーター！

「『できあがり！』」

そうして、ハストさんへの差し入れを持ち、足取りも軽く、騎士団の詰所へと向かう。

ふわふわした心のまま、右手に触れるのはよく冷えたガラス瓶。

その冷たさに、勝手に頬が緩んできて……。

……そう。私、なんかにやついてた。

間違いない。

けれど、目の前に突如現れた光景に、それはあっという間に吹き飛んで――

「え」

――なんということでしょう。

ここは騎士団の訓練場近く、人通りの少ない通路。

左右を石壁に挟まれた薄暗いそこは、さっき通ったときは、なんの変哲もない空間だった。

それが今では大変身！

「っどうしたの？」

男の子が苦しそうに胸を押さえ、座り込んでいるではありませんか！

劇的です。ビフォーアフターしてます！

「大丈夫？」

慌てて駆け寄れば、その子は苦しそうに顔を歪《ゆが》めながらも、私の顔を必死に見返してきた。

年は中学生ぐらい。さらさらの青い髪に若葉色の目をしている。

その顔は苦しそうだけど、すっごく美しい。かわいいというか美しい。まさに紅顔の美少年。なんか発光してる。

「あ、えっと。あ――、そうだ。うん。どこが苦しい？　人を呼んで来ようか？」

あまりの輝きに思わず戸惑ってしまったが、今はそれどころじゃない。

なんとか平静を保ち、隣に屈み込みながら声をかける。

すると、美少年は苦し気に。けれど、しっかりと首を横に振った。

「ひとは……っ呼ば、ないで」

「いや、でも……」

「だい、じょうぶ。じびょう、だから」

「持病？」

「いつもの、ことなんだ。……っ少し経てば、治まるから」

そんな美少年の言葉に思わず黙ってしまう。

いや、だって、人を呼ぶなって……。

普通なら人を呼ぶべきだ。でも、持病で、この症状が初めてではなく、美少年が対応を知っているのならば、美少年の言うことを聞いてもいいのかもしれない。

けれど、かなり苦しそうで……。

もしこれが持病なのだとしても、こんな状態なら、やっぱり、人を呼んだほうがいいと思う。

私に医学知識はないし、この世界の病気はわからない。けれど、なにもせず耐えるだけ、しかもこんな薄暗い通路にいるだなんて、絶対によくない。

だから、人を呼びに行くため立ち上がろうと力を入れる。けれど、美少年は私の服をぎゅっと掴《つか》んできて――

「お、ねがい」

「でも」

「これ、治るものじゃないんだ……ここでも、ベッドでも、変わらな、い。でも、知られたら、もうここには来れ、ない」

「……うん」

「おねが、い」

私を掴む手。必死に私を見上げる目。

それが私の決意を揺らがせて――

「……わかった」

立ち上がろうとした体勢を戻し、美少年の横へと座り込む。

美少年の若葉色の目が不安そうに揺れていたので、その目を見返して、ゆっくりと言葉を告げた。

「もし、苦しくなるようならすぐに言って。もっと悪くなるようなら、人を呼びに行くから」

「は、い……」

「ほら。手を離して、私にもたれていいよ。楽な姿勢になって」

「あ、りがとう」

美少年の隣に座り、その体を引き寄せる。

さっきまで必死な顔をしていた美少年は、まだ苦しそうではあったけど、安心したように目を閉じた。

そして、改めて美少年を観察する。服装は質のいいシャツにしっかりとした上着。それを見る限りはどこかのいいところの子供なんだと思う。ただ、その首や腕には不似合いな貴金属をたくさんつけていた。

そして、隣から感じるのはその体の温度で……。

「体、熱いね」

寄り添ってわかったのは、その体の熱さ。

よく見れば、額にはじんわりと汗をかいており、体温が高くなっているようだ。

「いやだったら言ってね」

なので、ひとこと断ってから、そっとその額に私の手を載せた。

「ん……きもち、いい」

「冷たいのいやじゃない？」

「は、い」

美少年の言葉にほっとする。

この美少年の病気がなにかはわからないけれど、今の様子は高熱に苦しむ人、そのものだ。

だから、冷やしたほうがいいだろうと思ったんだけど、少しでも楽になったのなら、よかった。

ちなみに私の手が冷たいのは、ハストさんへの差し入れを持っていたからだ。

よく冷えたガラス瓶さまさま。

この世界には冷蔵庫がないから、こういうときに体を冷やすのも大変なんだろうなぁ……。

美少年の額に手を載せながら、ぼんやりとこちらの世界の事情を考える。

どうせならもっとしっかり体を冷やしたほうがよさそうだけど、こちらの世界では難しいのかもしれない。

氷のうとか作れたら、すごく楽になると思うんだけど……。

……いったん台所に行って、氷のうを作ってこようか。冷蔵庫には少しだけなら氷もあるし。

浮かんだ考えに、そっと美少年の顔を窺《うかが》う。

その顔はやはりまだ苦しそうで、胸の辺りをぎゅっと押さえていた。

息は短くはっはっと途切れがちで、体も熱いままだ。

……私がここを離れたら不安になるだろうか。

私が人を呼びに行ったと思うかもしれない。ここにそのままいてくれたらいいけれど、移動されると困る。でも、目の前でいきなり台所に行くわけにもいかないし……。

持病だと言った病気を私がなんとかすることはできないだろう。

でも、なんとかしてあげたい。

――せめて、今、この一瞬だけでも。

そう思えば、手に持った冷たいガラス瓶の存在を強く感じて……。

「……喉渇《のど》いてない？」

だから、苦しそうな美少年にそっと声をかけた。

「あのね、これは私が作ったんだけど、汗をかいた後に飲むと、体が楽になるんだ」

私の言葉に美少年が閉じていた目を開ける。

その若葉色の目に持っていたガラス瓶を見せた。

「きれい……」

「水にちょっと味があって、果物が入ってるだけだから。安心して」

ガラス瓶を見つめる美少年に、デトックスウォーターの説明をする。

一応、塩分、糖分補給やクエン酸で疲労回復をできればと考えて作ってはいるけれど、とりあえず、おかしなものではないとわかってもらえればいい。

そんな私の説明に美少年はこくんと頷《うなず》き、その手にガラス瓶を持った。

「わ……冷たい」

「うん。少しでいいから、飲んでみて」

……これで、ハストさんに差し入れをしよう計画はダメになってしまった。

でも、きっと、美少年の体は少し楽になるはず。

今までハストさんに食べてもらった経験で、私のごはんは半日ほど体を強くする効果があることがわかっている。だから、この苦しい状態が半日だけでも楽になればいいと思う。

逆に言えば、半日ほどしか保てないから、根本的な解決はできないだろう。

力になれず申し訳ないが、それぐらいのほうが、美少年の体の変化を誤魔化しやすいはず。

薄暗い通路だし、美少年はそもそも発光しているから、体が光るのもなんとか誤魔化せる。うん、よし。

だから、どうぞ、と笑いかけると、美少年は苦しそうだけど、精いっぱい笑い返してくれた。

「……ありがとう」

そして、美少年が慎重に金属の蓋《ふた》を開ける。

その途端、私のところまでいい香りが漂ってきて……。

「いい香り」

「レモンとローズマリーだね」

透明な水がきらりと輝き、中に入れられた果物とハーブが少しだけ揺れる。

美少年はその揺れる水面を見ながら、ゆっくりとデトックスウォーターを口に運んだ。

すると、体がきらきらと輝い――

「ええ!?」

輝かない！　全然輝かない！　むしろ、さっきまで発光していた美少年が真っ黒！

「黒いの出てきたよ……!?」

美少年の体から黒いもやが立ち上ってるけど!?　明らかに悪そうなものを体外に排出してるけど!?

真横で始まった突然のことに、私はごくりと喉を鳴らした。

これは……まさか……。

「もしや……デトックスしてる……？」

効能を信じてないとか言ってごめんね……！　こうかは　ばつぐんだ！

～その者、黒き闇を切り裂き、白き光を纏《まと》いて降り立たん。

どうしよう。混乱しすぎて、ポエムが浮かんでくる。頭の中に荘厳なパイプオルガンの音が響いてくる。私は今、この目に奇跡を映している……！

――しっているか　でとっくすすると　こうりんする
そうして、呆然《ぼうぜん》と見ていると、黒いもやはゆっくりと空気に溶け、後にはきらきらと輝く美少年が残った。

彼は不思議そうに、デトックスウォーターの入っていたガラス瓶を見つめている。

「体が軽い……」

水は飲みきったようで、その中には果物とハーブが残っているだけ。中に食材が入っているせいか、ガラス瓶が消えてなくなることはないようだ。

……消えなくてよかった。消えるのはどう考えてもおかしい。

ただ、このきらっきらの光も明らかにおかしくて――

「この光は……」

「……気のせいかな？」

元から発光していた美少年がさらに輝いているから、まぶしすぎる。目が潰《つぶ》れる。

なので、とりあえず目を閉じた。そして、当初の予定通りに誤魔化そうと言葉を返す。

そう。降臨などしていない。この輝きは気のせい。気のせいったら気のせい！

「あなたは……もしかして聖女様ですか？」

「いえ。ただの人です」

「これは……聖水ですか？」

「いえ。ただの水です」

美少年の質問に目を閉じたまま首を振る。

目を閉じているから、美少年の表情はわからない。けれど、なんとなく美少年がふふっと笑っているようで……。

「わかりました」

……え？　本当に？　私はなんにもわかってないけど？

あっさり納得してくれたことに驚き、目を開ける。

そこには相変わらず発光している美少年がいて、ガラス瓶を床に置いた。

そして、その両手で私の手をきゅっと握る。

その手はやわらかく、温かい。

いや、しかしなぜ、私は手を握られているんだろう？　なんか美少年がこっちに近づいている気さえする。なぜなの。

よくわからない展開。それに気を取られていると、美少年はそっと私の膝《ひざ》の上に乗った。

「え」

いや、なんで。どうして、私は美少年を膝に乗せてるの？

こわい。意味がわからない。

背中には壁。床に座り込んでいる膝の上には美少年。さらに手はきゅっと握られていて……。

……逃げ場がない！　近い！　発光した美少年がほぼゼロ距離！

驚きすぎて声も出せない。

美少年はそんな私を見て、ほんのりと頬を染め、うっとりと笑った。

「あなたは僕の元に舞い降りた神の使いで、これは神に捧《ささ》げる清らかなる命の水なのですね」

なんの話だ。全然違うよ。まったくわかってないね。さっきの『わかりました』はなんなのか。

だから、なにか言おうと口を開けるんだけど、美少年は握った私の手をそっと動かした。

「僕の胸の音……聞こえますか？」

「え、いや」

どうかな。聞こえないかな。なんだか今、私の手が美少年の胸元に押しつけられてる気がするけど、聞こえないな。聞こえないよ。聞こえないったら！

「あなたに出会えて……僕、おかしくなっちゃったみたいです」

うっとり笑いながら、でもどこか恥ずかしそうに……。

うん。そうだね。なんせ黒いもやが出て、今は光ってるからね。普通じゃないよね。

とりあえず、きらっきらに輝きすぎている美少年の若葉色の目から必死で顔を背ける。

すると美少年は私の手を彼の頬へと移動させた。

「……お姉さん」

吐息混じりに呼ばれる。まずい。耳によくない。

しかも手に触れた頬はすべっすべのふわっふわっ。非常にまずい。手によくない。私の中のなにかがごりごりとすりおろされている。とろろにされている。

そんな私に美少年は追い打ちをかけるように呟《つぶや》いた。

「僕のこと、好きにして……？」

ほんのりと染まった頬が。みずみずしい唇が。マシュマロのようなやわらかな手触りがっ。全体的になんかあふれてるよくわからない空気が！

「ハストさぁああん！」

助けて！　なにかが限界です！

「ぎゃ……あ……ぁあ……」

私が声を上げた途端、遠くのほうで微かに悲鳴が上がったのが聞こえた。

これは多分、Ｋ　Ｂｉｈｅｉブラザーズの声。

距離的に私の声がハストさんに聞こえたとは思えないけれど、なんかしらの能力で私の声を感じ取ってくれたのだろう。うん。よくわからないけど、ハストさんには可能！

「どうなさいましたっ？」

私が呼んでから、だいたい三十秒。すごく早くハストさんが現れた。

早い。早すぎる。でも、大丈夫。ハストさんはこれぐらいするってわかってた。だから、大丈夫じゃないのは私！

「じ、事案です！」

私がまずいです！　私が不審者です！

だから、精いっぱいのがんばりで声を上げた。

すると、ハストさんは美少年とゼロ距離になっている私を見て、ゆっくりと頷いて……。

「なるほど。理解しました」

理解が早い。すごく早い。

でも、今はそれがとってもありがたい！　さあ、私を署まで連行して！

「言い訳はしません。速やかに一斉配信メールで私という不審者情報を提供してください」

警備兵に瞬時に情報を提供するKアラートがあればそれも使って……！

「不審者？　……いえ、それよりも」

ハストさんは私の言葉に少しだけ不思議そうな顔をしたが、すぐに美少年へと視線を向けた。

「レリィ。イサライ様から下りろ」

「あれ？　ヴォルさん？」

「床に座ったままだと、イサライ様が冷えてしまう。もっと周りの環境をよく見ろ」

「あ、そうだね。……ごめんね？　お姉さん」

ハストさんにそう言われた美少年はかわいらしく小首を傾けた後、ゆっくりと名残《なごり》を惜しむように私の膝から下りていった。

やった……。ようやくきらっきらのふわっふわのすべっすべのあたたかくもやわらかい、私をごりごりすりおろすなにかがなくなった……。

安心してほぅと息を吐けば、ハストさんがすっと手を差し出してくれた。

その手を取り、立ち上がれば、美少年は即座に私の腕にぎゅうっと手を巻きつける。

ああ……。また私をすりおろすなにかが戻ってきた……。

「僕、もっとお姉さんのことが知りたい、な」

美少年は頬を染め、私を見上げてうっとりと笑う。

その笑顔はとてもかわいらしい。でも、なぜかな。そのきらっきらの笑顔は私の心のやわらかいところをすりおろすよね……。

「ハストさぁん……」

やっぱり私を署に……連行……して……。

助けて欲しくて呼べば、ハストさんはしっかりと頷いてくれた。

「レリィ。しっかりと前を見ろ。転んだらイサライ様にまで迷惑がかかる」

……うん。私は転ぶことは心配してなかった。

「イサライ様。一度、部屋に戻りましょう」

「わかりました……」

ハストさんの言葉に力なく頷く。

なにがどうなってこうなってるのかわからないけれど、とりあえず、部屋に戻ろう……。

なんだかハストさんはこの状況にあまり驚いていないみたいだし、さっき『理解した』と言っていたから、なにか考えがあるのかもしれない。

ハストさんと美少年が名前で呼び合ってるところを見るに、知り合いのようだし、部屋に戻れば、なにかしらうまくいくんだろう……。

美少年の輝きに、私の目のハイライトは消えていく。

美少年の腕を振り払う力もなく、美少年にくっつかれたまま部屋に向かって歩き出した。

「もしかして、今からお姉さんの部屋に行くの？」

「ああ」

美少年の言葉にハストさんが返す。

そして、美少年は頬を赤らめた。

「……僕、女の人の部屋に入ったことないんだ」

そっか。持病があったみたいだし、あまり外出できなかったのかもしれない。

それは決して頬を赤らめるようなことではないから、気にしなくていいと思う。恥ずかしくもないし、照れるようなことでもない。

でも、美少年は頬を赤らめながらも、まるでそれがとても大事なもののようにそっと呟いた。

「お姉さんが、僕の、はじめての人だね」

語弊。

私の目からハイライトが完全に消える。

やめて。もう私のなにかのライフはゼロよ。

そうしてようやくたどり着いた部屋の中で、まずは簡単な挨拶《あいさつ》をした。

「イサライ様。レリィグラン・サージです」

「レリィグランです。レリィと呼んでください」

「レリィ。こちらはシーナ・イサライ様。私の護衛対象だ」

「小井《イサライ》です」

ハストさんから簡単にだけど、それぞれの紹介がされる。

私がソファに座り、その横にはぴったりと美少年、レリィ君。ハストさんはソファの向かいに立っており、手にはデトックスウォーターの入ったガラス瓶を持っていた。

そんなハストさんにおおまかにだけど、現状を説明する。

レリィ君が通路に座り込んでいたこと。

思わず駆け寄ったこと。

その体は熱く、苦しそうなのが見ていられなかったこと。

私が訓練場から離れたのはハストさんに差し入れをしたかったからで、たまたま持っていたそれをレリィ君に飲んでもらったこと。

するを体から黒いもやが出て――

「……ハストさん？」

とりあえず一通りは説明した。ハストさんはなにかを即座に理解してくれたけれど、実際にこうして説明を聞けば、その展開に一緒に困惑してくれるんじゃないかと思った。

なのに、なぜかハストさんは口元を緩めていて……。

……ハストさん、なぜか笑ってるな。

「……差し入れ」

そして、ぽつりと呟くと、その手に持っていたガラス瓶をうれしそうに眺めた。

え。そっち？　黒いもやより差し入れ？

……そんなにおなかが減っていたのか。訓練後だから喉《のど》が渇いていたのかも？

お茶でも用意したほうがいいかと思い、ハストさんを見上げると、ハストさんは私の視線に気づいたようで、こほんと一つ咳払《せきばら》いをした後、いつもの表情へと戻した。

「つまり、イサライ様が通路で倒れているレリィを見つけて、飲み物を渡したということですね」

「あ、はい」

「お姉さんが渡してくれたもの、とてもきれいで、すごく冷たくて……。知らない人から物をもらうのは気が引けたんだけど、どうしても飲みたくなったんだ」

「そうだな。普段なら危ないことをするな、と怒るところだが、イサライ様の作るものならば仕方がない」

見れば飲みたくなるのは当然。よくわかる、とハストさんは深く頷《うなず》いた。

「そして、それを飲むと、体から黒いもやが出て、その後、体がとても軽くなったんだな？」

「うん。ずっと苦しかった胸が、熱かった体が、すべて楽になったよ」

「なるほど」

ハストさんとレリィ君で会話が続いていく。

横からその話を聞いていた私にハストさんの水色の目がまっすぐに向いた。

「……イサライ様。レリィは生まれつき、体があまり強くありませんでした。その体に強いスキルを持っていたために、レリィは苦しんでいたのです」

「……そうなんですね」

「僕のスキルは『炎魔法』。それを制御することができず、常に死と隣り合わせでした」

レリィ君もその若葉色の目で私をじっと見つめる。

「まだ小さいときはよかった。体は弱かったけれど、その分スキルも弱くて、それなりにバランスを保てていたんです。でも、体が成長するごとにスキルの力は強くなっていって……。それを抑えるために体力は温存して、スキルを封じるためにたくさんの魔具をつけて過ごしていました。――でも、もう限界だろう、と」

レリィ君が首元にある金色のネックレスや、手首につけていたブレスレットを見せてくれる。

きっと、これが魔具と呼ばれるものなのだろう。確かにきちんとした格好をしているレリィ君に不似合いなアクセサリーだな、と思った。

それはレリィ君の強すぎるスキルを抑え、命を長らえさせてくれるものだったのだ。

「あ、でも、それだと私はすごくまずいことをしたんじゃ……」

ふと、そのことに気づく。

私が作ったごはんには、食べた後に変化を起こすことがわかっている。それは『食べると強くなる』ということ。

身体能力が上がり、スキルの力も強くなる。

レリィ君にとって身体能力が上がるのは悪いことではないだろうが、スキルの力が強くなるのは、毒を増やしてしまうようなものなのでは……？

不安になってハストさんを見ると、ハストさんはそんな私の不安を払拭《ふっしょく》するように、大丈夫だと頷いてくれた。

そしてレリィ君へと目線を移し、力強い声で説明を続ける。

「レリィ。実際にイサライ様の料理を食べてわかったと思うが、イサライ様は不思議な力を持っていらっしゃる」

「うん」

「イサライ様の料理は……」

「お姉さんの料理は？」

「食べると強くなる」

「たべるとつよくなる」

あ、それそれ。前のやつね。

「そして、レリィに起こった変化を見て、もう一つ確証を得た。それは……」

「それは？」

「食べると元気になる」

「『たべるとげんきになる』」

新しいの出た。

なにその、仙人の豆。猫が育ててるやつ感。

「前から考えてはいました。もしかして疲労回復や傷病回復のような効果もあるのではないかと。しかし私は疲労感を感じたことがほとんどなく、また病気をせず、怪我もあまりしません。してもすぐに治りますので、それについては確認ができませんでした」

「うん。ヴォルさんは昔から強かったもんね」

ハストさんが当然のように自分の体のことを語っているが、ちょっと意味がわからない。レリィ君が即座にそれに同意しているから、それが世界の真理のような気がしてきて……。

「……元気ですね」

さすがシロクマハストさん。疲れず、怪我せず、すぐに治る！

「きっと、身体能力の向上と疲労回復、傷病回復効果でレリィの体に変化が起こったのだと思います。スキルが強いのは悪いことではない。ただたとえるならば、レリィはコップにひびや割れがあり、容量が小さいのに中身が多すぎた。コップを修復しようにも、中身が多すぎるので直しようがない」

「うん。体を強くしようと思っても、外で運動したり、魔力をうまく使う訓練をしたりはできなかった。体力がなくなると命が危険だから、と」

「けれど、イサライ様により、コップは修復され、さらに大きなコップになったのだと思います。イサライ様のスキルは中身を多くする作用もありますが、コップが直れば中身が増えても問題はない」

その説明になるほど、と納得する。

つまり食べると元気になるのだから、強くなったとしてもスキルが暴走することはないのだ。

「そして、その回復効果はなくなるものではないのだろうと思います。回復はあくまでも元の体に戻すという力。ですので、今回もレリィの本来持つべきだった体力に戻っただけではないか、と」

ハストさんの説明はわかりやすい。

『食べると強くなる』の効果は本来の力にさらに付加を与えるものだから、こちらは一定時間。けれど、『食べると元気になる』は本来の体に戻すだけだから、効果が切れるというようなものではないのだろう。

だから、レリィ君は――

「……じゃあ、僕がスキルに悩まされることは……。いつまで生きられるんだろうって思うことは……」

――もう、ないんだ。

噛《か》み締《し》めるような声。そして、ぎゅうと左腕を抱きしめられた。

「ありがとう。……あ、りが……」

「うん」

「僕、……僕、本当は……ずっと……」

「うん」

「こわ、くて……」

「うん」

「苦しく、て……」

「うん」

こんなのただの成り行き。感謝されるようなことはしていないし、私自身の力だって誇れるようなものでもない。

……でも、それでも。小さな体でこうやってずっと耐えていたんだとしたら。

「今日、会えてよかった。レリィ君の助けになれたなら、本当によかった」

私の腕を抱きしめたまま、顔を上げられないレリィ君の青い髪をよしよしと撫《な》でる。

すると、ハストさんも近づいてきて、レリィ君の前で片膝《かたひざ》をついた。

「レリィが苦しんでいたことを知っていた。もしかしたらイサライ様にはそれを救う力があることも勘づいてはいた。でも、二人を進んで引き合わせようとはしなかった」

「う、うん……。うん。いいんだ、この体はヴォルさんのせいじゃない。ヴォルさんが魔獣を倒して、その素材でこの魔具を作ってくれてたことも知ってる。ヴォルさんには感謝しかないよ」

ハストさんの真摯《しんし》な声にレリィ君は一度深呼吸をした後、顔を上げた。

そして、微笑《ほほえ》んだ後、まだ濡《ぬ》れたままの若葉色の目で私を見上げる。

「それにヴォルさんの気持ちもわかる。——ちゃんと守ってあげないとね」

「……ああ」

ハストさんの水色の目も私を見る。

そうして二人に見つめられると、なんだか胸がそわそわして……。

「私の！　私のレリィは‼」

すると、そんな空気を打ち破るように、突然、廊下から大きな声が響いた。そして、間を置かず、バタンッと乱暴に部屋の扉が開く。

そこに立っていたのは青い髪の男の人。

その人は私の腕を抱きしめているレリィ君を見て悲鳴を上げた。

「ああ！　ああ、あああ！　私の可愛い子ウサギが……‼」

部屋に響くその大音量に、私のそわそわは、あっという間になくなる。そして、その人物を呆然《ぼうぜん》と見れば、それは見たことのある男性で……。

青い髪に碧《みどり》色の目。眼鏡《めがね》の奥は鋭利な目付きをしていた。きちんと感のある貴族服が非常に似合っている。

……知ってる。私、この人知ってるな。

蘇《よみがえ》る記憶と重ならない人物像。

だって、こんな大声を出す人だとは全然思わなかった。むしろ、なにが起こっても平然としているような人だと感じたんだけど……。

「うるさいスラスター。開けたら閉めろ」

そんな眼鏡の男性に、ハストさんは非常に冷静にマナーを注意する。そのハストさんが呼びかけた名前でさらに記憶が思い出される。

スラスター。そう。そんな名前だった。

確か次期宰相と目されている人物で……。態度は高圧的で……。前に会ったときはまったく目が合わなかったよね。そして、聖女様に近づくなと言ってきた人だ。

……まぁ、言われたのは金髪剃《そ》り込みアシメだけど。

そんな眼鏡の人物、次期宰相スラスターさんはハストさんに注意された後、存外優しく、ぱたんと扉を閉めた。

そして、部屋に入り、こちらに近づくと、憎々しげに私を睨《にら》む。

その目はぎらぎらと怒りを湛《たた》えていて……。

「ドブネズミが」

……ドブネズミ！

人への悪口なんだろうけど、実際にはあまり使い勝手がよくない罵詈雑言《ばりぞうごん》！

今いちピンとこないから、ムカつくより先にえっ？　って聞き返しちゃうやつ！　美しく生きちゃうやつ！

睨まれているというのに、思わずテンションが上がる。

しかし、そんな内心の私に反し、部屋の温度がぐんと下がった。

そう。ここは北極。シロクマの生息地。

「……この方への発言か？」

「そうだ。私の可愛い子ウサギに軽々しく触れて……！　お前の圧など怖くない。お前の処遇は私一人でいくらでも即決できる。今すぐに北へ戻るか？」

下がる温度を物ともしない次期宰相。

さすが次期宰相。腕力対権力って感じ！　耐寒性能を感じる！

いつもハストさんの冷気にひぃって叫ぶ、某金髪剃り込みアシメばかり見ていたからか、新鮮な対決。

なので、ちょっと興味深くやりとりを見ていると、ハストさんは無表情で言い放った。

「お前が決定を下す前にその口を封じればいい」

……やめて！　私の部屋を凄惨《せいさん》な現場に作り替えるの、本当にやめて……！

ハストさんがスッと立ち上がり、腰に佩《は》いた剣へと目線を落とす。

でも、次期宰相スラスターさんはそれにもビクともしなかった。

「お前がここで護衛ができているのは私の根回しがあったからだ。忘れるな。私の口を封じたところで、ここの護衛は続けられないぞ」

「……そのときは順番にヤればいい」

待て。何人ヤるつもりだ。ダメ。ヤっちゃダメ！

「ハストさん……」

思わず声を出せば、隣にいたレリィ君が大丈夫、と私に話しかけた。

「二人はすぐにこうやってじゃれるんだ」

「じゃれる」

「うん。大人になっても仲良しみたい」

「なかよし」

私の基準と違いすぎる。

「でも……今のは兄さんが悪いよね」

「……兄さん？」

「そう。今入ってきたのは僕の兄なんだ」

「……ほぉ」

レリィ君の言葉に声が漏れる。

なるほど。確かに青い髪に碧《みどり》色系の瞳《ひとみ》の色。兄弟と言われればそうかもしれない。

でも、雰囲気が全然違う。ほわほわしたレリィ君と、人間なんてドブネズミ！　の次期宰相とではまったく違う。

感心しながら、二人を見比べていると、レリィ君はふっと表情を消して、兄である次期宰相を見た。

「兄さん。さっき言ったことってお姉さんのことだよね？」

「ああレリィ！　私の子ウサギ！　そんなところにいると、ドブネズミの匂いが移ってしまう。優しいお前は逃げられなかったんだろう？　すぐに私が助けに――」

「謝って」

「レリィ？」

レリィ君に走り寄り、その身を心配する次期宰相。

けれど、レリィ君はその言葉を遮り、ピンと張り詰めた空気の中、ぺっと吐き捨てた。

「そこに跪《ひざまず》いて、許しを乞《こ》えって言ってるんだよ」

……そんな。美少年が。ふわふわした笑顔のレリィ君が。そんなゴミを見るみたいな目で。

驚きすぎて声が出ない。

でも、ハストさんはそんなレリィ君の変貌《へんぼう》を気にすることなく、むしろその意見に賛同するように深く頷《うなず》いた。

いや、でも、あんなに怒ってた次期宰相が私に跪くことなんか――

「私の存在が貴方を傷つけたことを謝罪する」

――あった。二秒で跪いた。

展開が早い。二秒って、だって二秒。だから、ただただ驚いていると、そんな私にハストさんがそっと説明をしてくれる。

「イサライ様。スラスターはレリィを溺愛《できあい》しています。信用ならぬ相手ですが、レリィが関われば話は別です」

「うん。兄さんがお姉さんの力を知る前でよかった。先に知られていたら、都合よく利用されていたかもしれないから」

ハストさんの説明にレリィ君も続く。

なんだか散々な言われようの次期宰相だが、どうやらレリィ君を溺愛している……つまり、ブラコンらしい。

だから、レリィ君の言うことに逆らえず、こんなに簡単に跪いたのか……。謝罪に誠意はまったく感じないが、『私の可愛い子ウサギ』発言から察するに、レリィ君への愛は大変重そうだ。

「僕はお姉さんの望まないことはしたくない。だから、兄さんをちゃんと止める」

「……うん。ありがとう」

「兄さんはね、性格は悪いし、態度は高圧的だし、狡猾《こうかつ》で僕以外の人間を認識していないような人だけど、頭はいいんだ」

……うん？

「スラスターは私利私欲で動く人間です。自分の欲望、つまりレリィが幸せであれば、警戒する必要はないのです」

……うん。なんだろう。二人が次期宰相スラスターさんの説明？　フォロー？　をしているような気がするけど、知れば知るほど、ひく。心が引き潮。干潮。

「スラスター、レリィの様子が違うだろう？」

「……そういえば、いつもは愛しさの中にも儚《はかな》さと切なさが入り交じる私のレリィ特有の匂いが、今は愛しさの中にも心強さが満ちあふれている」

ハストさんがレリィ君の話をすると、次期宰相は至極真面目に言葉を返した。

……しかし、匂いとはそんな表現をするものだっただろうか。跪いたまま、何を言っているんだこの次期宰相は。

心が干潮を迎えているが、ハストさんはそんな次期宰相の言葉を気にすることなく、話を続ける。

それは私に関することで……。

「レリィ。イサライ様は異世界から召喚された方だ。それはスラスターも知っている」

「……そうなの？」

その言葉にレリィ君の若葉色の目がこちらをじっと見る。

きっと今、ハストさんが話したということは、私のことを言っても大丈夫なのだろう。既に次期宰相は知っているみたいだし。

だから、うん、と頷いた。すると、レリィ君はほんのりと頬を染め、うっとりと笑って……。

いけない。よし。目を閉じよう。

その笑顔から心のやわらかいところを守るために、そっと目を閉じる。

そして、ハストさんはそのまま説明を続けた。

まずは私のスキル『台所召喚』は、私が台所へと召喚されるスキルだということ。

そこで作ったごはんを食べると強くなり、元気になるということ。

たまたま倒れていたレリィ君を私が見つけ、ごはんを食べさせたこと。

レリィ君の体が強くなり、スキルも安定し、魔力暴走に悩むことがなくなったこと。

「……そうか。レリィが苦しむことはないのか」

その話を聞くと次期宰相はこれまでの表情を崩し、泣きそうな顔でレリィ君を見た。

「私の可愛い子ウサギが……そうか」

「うん。兄さん、これまで心配かけてごめんね」

「いや……私のすべてはレリィのためにある」

うん。感動的。きっと、この二人にしかわからないようなものもあるんだと思う。

だから、よかったなぁと眺めていると、次期宰相は跪いたままススススッとレリィ君へと近寄った。

「ああ！　この匂い！　これまでの木陰の下でそっと空を見上げる匂いが、陽光を全身に浴び、庭を走り回る匂いに変わっている……！　なんとかぐわしい……！　レリィ！　私の子ウサギ……！」

……これはどうだろう。美少年の足に縋《すが》りつき、胸いっぱいに匂いを吸い込むこの姿は……。

「やめて兄さん。気持ち悪い」

そんな次期宰相をレリィ君はゴミを見るような目で見た後、ぺっと吐き捨てた。

まさに。同意しかない。

兄弟のやりとりに心が引き潮。

だけど、ハストさんはそれに慣れているのか、とくに気にする様子もなく言葉を続けていく。

「これで二人はイサライ様の力を知ったわけだが、このことは内密にして欲しい」

「……わかっている。この力は利便性がよい。私のような者に見つかればすぐに利用されるだろう。私としてもレリィのためにもっとうまく使いたいところだが……」

「やめて兄さん。僕は、お姉さんを守りたい」

「……わかった。レリィがそう言うのなら」

次期宰相は眼鏡のズレを直すと、その鋭利な眼差しで私を見た。

「聖女のおまけだと思い、とりあえず見えるところに転がしておいたが、まさかそちらがレリィのためになるとはな。……レリィを救ってもらったことは感謝する。レリィが望む限り、私はお前の手足となろう」

そして、それに続くようにレリィ君もきらきらした若葉色の目で私を見る。

「なにかあればすぐに言って欲しい。お姉さんのためになることをたくさんしたい」

そんな二人の言葉と目線を受け、私は顔を上げてハストさんを見た。

……これまではハストさんしかいなかった。でも、これからはこの二人も私の秘密を知り、そしてそれを守ってくれて……。

「……私一人では難しいこともあります。とくに上層部への根回しや情報収集などはスラスターには敵《かな》いません。スラスターだけでは都合よく使われる危険がありましたが、レリィがいればそれはない。——すべて、イサライ様のためになるかと」

ハストさんは水色の目をそっと細めた。

「――イサライ様の心が。レリィを助けたいと思った心が、この結果を呼んだのだと思います」

二人の言葉にぎゅうっとなった胸が、ハストさんの言葉でゆっくりとほぐれていく。

水色の目が優しくて、大丈夫だ、と伝えてくれるから、それを信じることができて……。

だから、私は二人を見て、しっかりとお礼を伝えた。

「レリィ君、スラスターさん。二人ともありがとうございます。これからよろしくお願いします」

そう言うと、レリィ君はぱぁと顔を明るく輝かせる。そして、私の腕をさらに締めつけた。

「僕の全部をあげる」

うっ……心のやわらかいところが……。

すると、足元で怨嗟《えんさ》の呪詛《じゅそ》が響いた。

「……私の可愛い子ウサギに……軽々しく触りすぎだ……」

スラスターさんが跪きながらも、暗い根性を込めた視線で私を見る。

うん。わかりやすく嫉妬《しっと》ですね。100パーセントの妬《ねた》みと嫉《そね》み。

「……兄さん」

そんなスラスターさんに対して、レリィ君がまたゴミを見るような目になった。

でも、今回ばかりは私もスラスターさんの言葉に完全同意！

「いや、私もくっつきすぎだと思う。それはお兄さんの言う通りだよ」

そう。レリィ君がいかに少年と言っても、さすがにこうして腕を組んで、ソファに座ってぎゅっとしがみつくような年齢ではない。断じてない。

けれど、レリィ君はそんな私の言葉にお決まりのうっとりとした顔で笑った。

「お姉さんには僕のことを弟だと思って欲しい」

「弟？」

「そう。僕は血の繋《つな》がりで言えば兄さんの弟だけど、ヴォルさんにとっても弟のようなものなんだ」

「ああ。小さい頃から世話をしている」

「僕はね、――みんなの弟なんだ」

「みんなのおとうと」

なにそれ、こわい。なにかがこわい。

「だから、お姉さんとこうして腕を組むのはおかしくないし、ぎゅっとくっついているのもおかしくない。弟だから」

「……おとうとだから」

「そう、弟」

「……おとうと」

レリィ君の若葉色の目がきらきらと輝く。

そして、私の頭には『おとうと』の四文字が何度かリフレインして……。

「……じゃあいっか」

「うん！　ありがとう！　あと、シーナさんって呼んでもいい？　弟だから」

「……うん。おとうとだもん」

「シーナさん！」

レリィ君がうれしそうにぎゅうぎゅうと私の腕を抱きしめる。

私はそれをハイライトの消えた目で見つめ、そっと微笑《ほほえ》んだ。

腕力＝権力。そして越えられない壁のはるか向こう側に燦然《さんぜん》と輝く弟力。

——しっているか　おとうとは　さいつよ

五品目　スポーツドリンク風デトックスウォーター～魔獣を添えて～

私のスキルを知る人が増えた。

さらに、ごはんを食べてもらったことでポイントも増えた。

レリィ君にデトックスウォーターを飲んでもらった後、台所へ確認しに行くと、ポイントが増えていたのだ。

やはり、私のスキルは人に食べてもらうことでポイントが増えていく仕組みらしい。

そして、液晶に表示されていた文字はこうだった。

『美少年のはじめて　２０００pt《ポイント》』

語弊。まさかの台所さえも語弊。

そうして、いろいろあったけれど、スキルは引き続き、秘匿していくことになったので、生活に変わりはない。

だけど、一つだけ大きく変わったことがある。

ふと気づけば、レリィ君が王宮へと移り住んでいたのだ。

私の部屋、ごはんを食べる部屋、そして、レリィ君の部屋と配置され、当然のように一緒に生活を送っている。

……お、とうとだから。

そう。おとうとだから。

レリィ君のことは次期宰相であり、それなりに権力を持つスラスターさんがいろいろと便宜を図っているらしい。

うん、権力ってなんでも叶《かな》うのね。

なので、ついでにその権力で私の外出許可も取ってきてもらうことにした。

ハストさんと市場に行こうと言っていたのだが、なかなか外出許可が下りなかったのだ。

それがスラスターさんに言えば、即座に。正しく言えば、レリィ君がゴミを見るような目でスラスターさんに意見すれば、二秒で外出許可が出た。

そんなわけで、今日はこれからようやく市場に行ける！

朝からなんだかそわそわして、にやにやしてしまう。

市場へは朝の日課を終えた後で行く予定なので、今はレリィ君と一緒にハーブの世話の真っ最中だ。

少し遠くに見える訓練場ではＫ　Ｂ・ｉ・ｈ・ｅ・ｉブラザーズとハストさんが訓練をしている。

この訓練だけど、最初とはまったく雰囲気が違う。最初は嫌がっていただけのＫ　Ｂ・ｉ・ｈ・ｅ・ｉブラザーズが変わってきていて……。

「なんか目が輝いているな」

そう。なんだかきらきらしてる。

最初はてんでばらばらにハストさんに向かっていってただけなのに、今では陣形のようなものを組んだり、作戦を立てたりしているようにも見えた。
K　Bｉｈｅｉブラザーズは毎日ぼこぼこにしてくるハストさんをなんとか倒すために、あの手この手を考えているらしい。そして、それがしっかりと訓練になっている。
「……すごい」

いつだってハストさんは強い。

でも、それだけじゃなくて、倒した後になにか助言のようなものをしているようだ。で、それを聞いたK　Bｉｈｅｉブラザーズはそれを意識しながら、もう一度ハストさんに向かっていく。

金髪剃《そ》り込みアシメも後ろからだけど、なんだかんだ指示しているみたい。

あれがダメならこれも。これがダメならそれも。

試行錯誤が見ていてもわかるし、だんだんそれが楽しくなってきたんだろう。

そして、その光景を私は何度か見たことがあって……。

「部活っぽい」

そう。すごくそういう雰囲気がある。

朝の空気に、よりきらきらが増しているように感じた。

「ぶかつ？」

私の呟《つぶや》きに隣で作業をしていたレリィ君が若葉色の目を瞬かせる。

私はそれに微笑《ほほえ》んで答えた。

「うん。……なんだかみんな楽しそうだなって」

ハストさんの冷静な声と金髪剃り込みアシメの檄《げき》を飛ばす声。土に汚れながらも何度も立ち上がり、ハストさんに向かって行くＫ　Ｂｉｈｅｉブラザーズの姿。うん。ちょっと感動する。

そんな私の言葉に、レリィ君は作業していた手を止め、訓練場のほうを見た。

「……警備兵のお兄さんたちもいろいろあるみたいだよ。騎士団所属といっても、近衛騎士や聖女様の特務隊とは差がつけられているから」

「そうなんだ……」

その言葉になるほど、と頷《うなず》いた。

同じ王宮で働く騎士でも、待遇に差がある。

警備兵の主な仕事は立番だから、問題が起こらない限り、体を動かしたり、なにかしたりするわけではない。

そんな日々の中、こうして目的を持って、体を動かすのは楽しかったのだろう。

「あ、終わりみたいだよ」

「本当だね。私たちも終わりにしようか」

「うん！」

今日は大きくなっていたハーブの枝を切り、新しく新芽が出やすいように思い切って小さくした。いわゆる切り戻しという作業だったので、収穫したハーブはいつもより多く、かごは青々とした葉でいっぱいだ。

そのかごを持ち、訓練を終えたハストさんたちの元へと歩いていく。

「おっ今日は豊作だな」

「イサライさーん……ちょっとは手加減するように伝えてくださいよー……いてぇ」

「ははは！　今日も草か‼　草！　はは！」

かごを持つ私にＫ　Ｂｉｈｅｉブラザーズが声をかけてくれる。

これまではあまり関わりもなく、なんとなく警備されているような気がしないでもない、ぐらいだったが、少しずつ打ち解けてきたのだ。

最後の高笑いだけはいつもの高笑いだけど。

「今日は市場に行くらしいな！　まさかその草を売りにでも行くのか！」

「この草に合う食材を見に行くんです」

「やっぱり草がらみか！　はは！」

うん。今日も元気なＨＡ。隣でハストさんが少しずつ寒くなっている。

金髪剃り込みアシメはそれに気づいていないけれど、Ｋ　Ｂｉｈｅｉブラザーズはそれに気づいたようで、誤魔化すように、私へと言葉をかけた。

「あ、ああ！　市場に行くんですか？」

「はい。ここに来てからどこにも行けなかったので」

そう。今までは王宮から出られなかったけれど、今日からは違う！　外に出られる！

うれしくて、うきうきと笑って返すと、Ｋ　Ｂｉｈｅｉブラザーズは顔を見合わせ、どこかバツが悪そうに声を落とした。

「あー……すまない」

「……その節は申し訳ありません」

「悪かったな。俺たちが考えなしだった」

Ｋ　Ｂｉｈｅｉブラザーズに口々に謝られる。

どうやら、初めの頃の態度について、謝ってくれているらしい。

一人が謝り始めると、俺も俺も、とそれが広がっていく。

でも、自分が落ちぶれ令嬢だと思われていることは知っているし、さらにこんなにたくさんの人に一度に謝られたことはないので、正直どうしていいかわからない。

すると、レリィ君が困ったように首を傾けた。

「なぁに？　お兄さんたち、シーナさんに悪いことしたの？」

かわいらしい顔。かわいらしい仕草。まさに美少年！

「……階級と名前と犯した罪を僕に教えてよ」

いけない。美少年がゴミを見るような目に……。

「あ、時間だ」

「時間だな」

「時間、時間」

その変貌《へんぼう》になにかを感じ取ったらしいブラザーズたちは、サッと解散していく。

けれど、金髪剃り込みアシメはなにも感じ取っていないようで、そこに残ったままだった。

「王都の市場はかなり発展している。田舎《いなか》とは比べものにならないぞ！」

「はぁ」

「お前には想像もできないだろうが、人であふれている」

「へぇ」

「お前ではうまくできないことだらけだろうな！」

「ほぉ」

「田舎者のお前が周りに迷惑をかけないよう、私が仕事の合間を縫って――」

金髪剃り込みアシメがなぜか胸を張り、私を見る。

しかし、その言葉は最後まで発せられることはなく、代わりに石壁へと木の棒が深々と突き刺さった。

「我々がついていますので、ご心配なく」

「ひぃ」

北極ハストさんがギロリと目を動かすと、金髪剃り込みアシメは足を縺《もつ》れさせながら詰所へと帰っていく。

青い空、白い雲、突き刺さった木の棒と、金髪剃り込みアシメの悲鳴。

うん。今日も平和だ……。

そうして朝の日課を終え、ついに市場へ出発！

レリィ君と馬車に乗り込み、道を行く。

王宮と市場とは少し離れていて、馬車で近くまで行ってから、歩いて市場を回るらしい。

ハストさんは馬車ではなく、違う馬に乗り、並走していた。

「シーナさん、うれしそうだね」

「そう？」

「うん。口元がふわふわしてる」

レリィ君の言葉にぎゅっと唇を噛《か》んで、口元の緩みを直そうとするんだけど、やっぱり勝手に顔が笑ってきてしまう。

順調に進む馬車。ガタゴトという音とともに私の胸も弾んでいく。

けれど、それは続かなくて、しばらく行ったところで馬車がゆっくりと止まった。

「……あれ？　市場はまだだと思うけど」

「そうなの？」

私には王宮から市場までの正確な距離がわからないのだけど、レリィ君の顔を見るに、市場に着いたわけではないらしい。

なんでだろう、と二人で顔を見合わせると、コンコンとノックが鳴り、レリィ君が急いで馬車の窓を開けた。

「ヴォルさんどうしたの？」

「……嫌な予感がする」

そこには馬に乗ったまま、じっと王宮の辺りの空を見上げるハストさんがいて……。

「イサライ様、申し訳ありません。市場はまた次の機会に」

「え」

「レリィ。私は王宮へ戻る」

いつも無表情なハストさんだけど、なんだか今は怖いぐらいにピリピリとしている。

レリィ君はそんなハストさんの様子を見て、即座に真剣な顔に変わった。

「わかりました」

「レリィ。判断は任せる。しばらく様子を見て王宮のほうが安全だと思えば帰ってこい。帰らないほうがよければこのまま行け」

「はい」

いつもとは違う二人のやりとり。

普段は面倒見のいい兄とやんちゃな弟のような関係なのに、今は上下関係が見える。

そんな二人の様子に、私も顔を引き締めた。

私にはなにもわからない。

わからないけれど、ハストさんの緊張感を見れば、なにかが起こるのは間違いなくて……。

「なにかあれば王都の屋敷に避難します。そこも危険なら違う領地へ。伝手《つて》はあります」

「ああ」

レリィ君の言葉にハストさんが頷く。

そして、ハストさんは私に目礼をすると、馬を駆り、元来た道を戻っていった。

さっきまで喜びで弾んでいた胸が、今は違う音で支配されていく。

レリィ君はじっとハストさんの去っていったほうを見たまま、動かない。

しんと静まり返った馬車には、私の胸のどくどくという音だけが響いているような気がする。

「なにかな、あれ」

レリィ君の見ている方角を見れば、そこにあるのは王宮。

王宮の上に広がる空は青く、さっき見たのと変わらない。

けれど、その向こうに小さな黒い影が見えた。

その影はどんどん大きくなり、数もたくさんあるようで……。

「……魔獣だ」

レリィ君の口から、小さく言葉が漏れた。

――鳥じゃない。

だってあんなに大きな動物は空を飛べない。

――飛行機じゃない。

だってこの世界には空を飛ぶ機械なんてない。

だから、レリィ君の呟いた『魔獣』という言葉をすんなりと受け入れられた。

そうか。あれが魔獣か……。……でかいな。

遠くに見えていた影はどんどん大きくなって、一直線に王宮へ向かっているようだ。

「シーナさん。移動します」

半ば身を乗り出すようにして空を見ていたレリィ君は体を馬車へと戻し、真剣な目で私を見た。

「鳥型の魔獣です。今、見えた数は二十。後方にもう少し続いているかもしれない」

「……結界がなくなっちゃったの？」

北の森には魔獣がいる。それは聞いていた。

でも、今はまだ結界があるはずで。魔獣は結界の外へは出られないはずで……。

そんな私の不安を取り除くように、レリィ君はわかりやすく説明をしてくれる。

「結界の維持、管理をする魔具は王宮にあります。結界が消えたのなら、もっと早くわかったはずです」

「うん」

「あくまで僕の予想ですが、結界に弱い部分があった。そして、その部分は地上ではなく上空で、今見えている魔獣の群れが偶然、外に出てしまったのではないか、と」

なるほど。じゃあ結界がなくなって魔獣が大氾濫《はんらん》！　ってことにはなってないのかな……。

「僕の希望も入っているかもしれません。……結界が残っていて欲しい、という」

そこまで言うと、レリィ君は少しだけ眉尻《まゆじり》を下げ、ぎゅっと唇を噛んだ。

そんなレリィ君に私は頷《うなず》くことしかできなくて……。

……結界を張れるのは聖女様だけ。

けれど、いまだ、聖女様である女子高生はスキルを使えていない。

そんな中で結界がなくなってしまえば、待っているのは人間と魔獣の直接対決だ。

……あんな大きなものと。

ハストさんはコツを摑《つか》めば一撃で屠《ほふ》れると言っていたが、普通の人には絶対に無理だ。

「魔獣はまっすぐこちらに向かっているようです。だから、報告が来るよりも先に、魔獣が王都に入ってしまった。きっとその目的は……」

レリィ君が窓の外へ視線を向ける。

そこにあるのは、この世界に来てからずっと住んでいた場所。

「王宮です」

そしてまた、レリィ君の若葉色の目が私へと戻った。

「魔獣は本能で王宮にある魔具、あるいは聖女様を狙っている。だから、このまま王都にいるよりも、ここを離れるべきです」

しっかりとしたレリィ君の状況判断。まだなにもわからない中で、魔獣の数や進路を見ただけでそれを導き出せるのはすごいと思う。

ハストさんがレリィ君に任せると言ったのは、その力を信頼しているからだろう。

レリィ君は私にそれだけ告げると、椅子から立ち上がり、御者のいる方角の窓を開けようとする。

きっと、御者に行き先を指示するのだろう。

だけど、私はそんなレリィ君に近づくと、窓を開けようとしていた手をぎゅっと摑んだ。

「――待って」

レリィ君はきっと間違っていない。

今はまだ魔獣は王宮に着いていないが、それも時間の問題だ。何も遮るもののない空を渡ってきた魔獣は、あっという間にたどり着く。そのときに本当に王宮だけが目的かはわからないのだ。

馬車は王宮から離れているとはいえ、空を飛ぶ魔獣がその気になればすぐに追いつかれる。だから一刻も早く離れたほうがいい。

……わかってる。でも……。

「王宮の人は？」

そう。王宮にはたくさんの人が勤めている。

今日だって戦いとは無縁そうな女性や男性、文官のような人もたくさんいた。その人たちは大丈夫なんだろうか。

でも、レリィ君はそんな私を安心させるように頷いた。

「大丈夫。魔獣よりヴォルさんのほうが早かった。今日は兄さんも王宮にいたし、ヴォルさんの勘が当たることはわかってるから、今頃は避難が始まっているはず」

つまり、王宮は突然襲われるわけではない。

魔獣が王宮にたどり着くのは時間の問題だし、急なことだけど、少しは備えができる。

ハストさんやスラスターさんがいればなんとかなるのかもしれない。

でも、まだ不安はあって……。

「今日、ハストさんはまだ私のごはんを食べてない」

そう。今日は市場でたくさん買い物をして、その後でごはんを作ろうと思っていた。

だから、朝食は王宮で出してもらっているものにしたのだ。

今のハストさんは私のごはんの恩恵を受けていない。スキルが強くなったり、体が強くなったりはしていない状態なわけで……。

「大丈夫。ヴォルさんは今までもたくさんの魔獣と戦ってきた。絶対に負けない」

「……うん」

レリィ君の強い目。

絶大な信頼がそこにあって、私もそれに励まされるように頷いた。

王宮の人たちはきっと避難できる。ハストさんも絶対に負けない。

あとは……。

「……警備兵の人たちは？」
K　B　i　h　e　iブラザーズ。
今朝も一緒に訓練をした。少しずつ打ち解けて、今では軽口を言い合ったりもできる。

彼らは？

ゆっくりと声を出す。

すると、レリィ君は今までと違い、少しだけ眉尻を下げた。今までとは違うその表情におなかの辺りがスッと冷たくなった。

……レリィ君は大丈夫だって言わなかった。

「私——王宮に行きたい」

だから、その言葉は自然と口から出て……。

レリィ君の手を握り、若葉色の目をまっすぐに見返す。

すると、その若葉色の目は迷うかのようにゆらゆらと揺れた。

「それは……っダメです。危険すぎる」

「……レリィ君は私の力知ってるよね」

だから、その目を逃がさないようにじっと見つめた。

だって、私には持っている力がある。『食べると強くなる』。そして、『食べると元気になる』。

「知ってます……でもっ」

「前線に立つのは……一番被害を受けるのは警備兵なんだよね？」

私の質問にレリィ君は一度目を閉じ、小さく頷いた。

「……近衛騎士は身分の高い者を守り、避難の手伝いをしている。特務隊は聖女様と魔具を。だから、何者かから襲撃を受けたとき。駆けつけるのは警備兵です」

「うん」

「ハストさんだけですべての魔獣の相手ができれば問題ない。でもきっとそういうわけには……」

「……うん」

そうだよね。王宮を守るのが警備兵の仕事だ。こんなときのために彼らはいる。

なにかあれば駆けつけ、襲撃者と対峙《たいじ》し、可能ならば倒し、無理でも、みなが避難するためにできるだけ時間を稼ぐ。こんなときには一番危険な仕事だ。

それを考えれば、いつもの彼らの姿が浮かんできて……。

泥だらけになりながら、ハストさんに向かっていく姿。私に声をかけてくれる笑顔。いつもうるさいぐらいに響く高笑いも……。

「――力を使いたい」

だから、レリィ君の目をまっすぐに見て。

そして、レリィ君の手を握る指にぎゅっと力を入れた。

「私の身の安全のことなら気にしなくていい。ひとこと唱えるだけで別空間に行けるんだよ？　しかもそこには水もあるし、食料もある。きっとこの王都で一番安全なのが私だから」

そう。危ないと思えば台所に避難すればいい。誰よりも安全な場所に私は行ける。

「レリィ君」

じっと若葉色の目を見る。

するとレリィ君はぎゅっと唇を噛《か》んだ後、泣きそうな顔で笑った。

「本当は止めたい。シーナさんを守りたいんだ。……でも。――僕はそんな優しさに救われたから」

ぎゅうっとレリィ君が私に抱きつく。

その勢いで、ぼすっと馬車の椅子へと体を戻された。

「……僕には止められない」

レリィ君が私に抱きついたまま顔を上げる。

その目はもう揺れていなかった。

「危なくなったら、必ずスキルを使って。しっかりと時間を取って安全を確保して」

「うん。任せといて」

最後まで私を心配するレリィ君に、右親指を上げて応える。

そんな私にレリィ君は仕方なさそうに笑ってから、御者に声をかけた。

――行き先は王宮。

馬車よりも魔獣のほうが早い。

魔獣に馬は近づかないから、行けるところまで馬車で行って、残りの道は走った。

空からの魔獣の攻撃に王宮の石壁は崩れ、石がごろごろと落ちてくる。

それを避けながら王宮の建物に入れば、いつもの活気はなく代わりにホールには怪我人が集まっているようだった。

「シーナさん、僕はヴォルさんの元へ行きます。……シーナさんが僕を救ってくれた。きっとこのスキルが役に立つはずだから」

「うん。私は大丈夫。レリィ君も気を付けて」

「……はい！」

レリィ君が駆けていく。

そして、私もホールの中にいた見知った顔である警備兵の一人に声をかけた。

「大丈夫ですか？」

「イサライさん？　どうして……」

「怪我人はここにいるだけ？」

「はい。ハストさんのおかげで避難はうまくいってたんですけど、誘導してる最中に石壁が崩れてきて……。とにかく室内に入ったところです」

周りを見渡せば、そこには警備兵が十人ほど。

そして、奥には見覚えのある金茶の髪があった。

彼は高級そうな茶色の絨毯《じゅうたん》の上に寝かせられている。そして、なぜか彼の周りの絨毯だけ他よりも色が濃い。

弾かれるようにそちらへ向かえば、自分も怪我をしているだろうに、二人の警備兵が代わる代わる声をかけ続けていた。

「……これは」

「っイサライさん！　今、医者を呼んでいます！」

悲鳴のような声。

それをどこか遠くに聞きながら、じっと目の前の彼を見つめる。

いつだってうるさいくらいに響いている高笑いは聞こえない。代わりに、耳に入るのは不規則な弱い息だけ。

彼の左肩から右の腰にかけて、強く布が巻きつけられていた。

その布は白かったようだけど、びっくりするほど赤く染まっていた。

……ここだけ絨毯の色が濃い理由。それは……。

「侍女が逃げ遅れて……っ。それを庇《かば》って、魔獣の鉤爪《かぎづめ》に……」

もう一人が必死に声をかけながらも、私に現状を説明してくれる。

それを聞きながら、そっと頭の近くに膝《ひざ》をついた。

……そっか。いつも後ろから指示を飛ばすだけで。サボってるだけだと思ってたよ。

「……仕事してるね」

いつも自慢していた金茶の髪。

サラサラの手触りのそれをよしよしと撫《な》でた。

「今から私、消えますけど気にしないでください。すぐに戻ります」

警備兵に一声かけて、心を決める。

本当はもっと考えたほうがいいのかもしれない。やっぱりスキルのことは隠したほうがいいだろうし、こんなにたくさんの目がある場所でスキルを使うなんて、もってのほかだ。

……でも。

今はただ、目の前のことを。

——助けたい。

——助けよう。

私のスキルはすごいから。

「『台所召喚』！」

その声とともに台所へ行くと、すぐに液晶へと向かった。

まず始めに、ポイント交換。レモン、オレンジ、洋梨、ミネラルウォーター！

そう。作るのはデトックスウォーターだ。レリィ君に作ったのと同じもの。

違う料理でも効能は一緒だと思うけど、今は確実な成果が欲しい。

すぐに辺りが白く光り、いつも通り、調理台の上にポイント交換したものが現れる。

素早くそちらに移動すると、果物を流しに入れた。まずは塩洗い！

「あー、狭いっ。一度には作れないか……」

狭い流しに声が漏れる。

さっき見た感じだと、王宮のホールには怪我人が十人ぐらいいた。

できれば一気に作って全員に渡したかったが、この狭い台所では無理そうだ。とりあえず、作れるだけ作って、何度か行ったり来たりしよう。

「まずは四つかな」

なので、最初に作る数を決める。

デトックスウォーター一つにつき四分の一の果物を入れるので、四つのデトックスウォーターを作ると無駄がない。

そして、それを呟《つぶや》くと台所が承知した、とばかりに四つのガラス瓶を調理台の上に出してくれた。

「本当にありがとう！」

いつもいつもすごすぎる。神でスパダリ……。石油王かな……。

そうして口を動かしながらも、手は止めない。

レリィ君のときはガラス瓶の煮沸消毒をしたし、果物の皮についた農薬やワックスなどを除去できれば、と茹《ゆ》でこぼしもしたけれど、今日は時間がない。

なので、果物を塩で洗いながらも、蛇口のハンドルを一番熱いところにして、出しっぱなしにする。

そして、だいたい五十度ぐらいだと思われるお湯で塩洗いした果物の塩を落とした。ついでに今朝摘んでおいたハーブも浸けておけばシャキッと元気になる。

必殺・五十度洗い。

よくわからないけれど、葉物がパリッとする。温度が低くなると雑菌が湧きやすくなるらしいので注意。

そうしてすこしほっかりとした果物とハーブを、敷いていた布巾《ふきん》に載せる。

ざざっと水分を拭《ふ》けば、あとはカットして瓶に詰めるだけだ。

果物を詰めた後にハーブも入れて、はちみつをスプーン一杯と塩を少々。そこにミネラルウォーターをたっぷりと注いだ。

「よし」

丁寧さは足りない。

レモンの輪切りはちょっと太くなってしまったし、オレンジの種も入ってしまった。

でも、今、必要なのは丁寧さではなく迅速さだから。

急いでガラス瓶に蓋《ふた》をし、それを持ってバタバタと冷蔵庫に向かう。

そして、四つのガラス瓶を無理やり冷蔵庫に入れれば、あとはドアをぱたんと閉じるだけ！

「おいしくなぁれ」

一応、呪文を唱えて、ドアを開ける。

そこにはきらきらと輝くデトックスウォーター。うん。ちゃんとできてる！

「『できあがり』！」

四つのガラス瓶を持ち、その言葉を唱えれば、あっという間に王宮のホールへ戻ってきた。

私が現れたのは台所に行く前と同じ場所。金髪剃《そ》り込みアシメの頭の近くだ。

「うわぁっ！　本当に戻ってきた！」

「驚かせてすみません。スキルなんで気にしないでください」

うん。突然に人が消えて現れたらそりゃ驚く。でも、今はすべてを受け入れて。受け流して。

目を大きくする警備兵になんでもないことのように振る舞い、手に持っていたガラス瓶を三つ渡す。

「これ、症状の重篤な方から配ってもらっていいですか。あとでみなさんのは作りますので」

「……これはなんですか？」

警備兵はあまりに自然な対応をする私に負けたように、それを受け取りながらも目を白黒とさせていた。

なので、デトックスウォーターの説明をしようと思うんだけど……。

「これは——」

「これは？」

「これは——」

……なんと言えばわかってもらえるだろうか。

デトックスウォーターって言われても意味がわからないと思う。かといってレリィ君の言っていたような聖水ではないし、魔法でもなければ薬でもないし。

言いよどむ私を警備兵が窺《うかが》うように見る。

私はその目をまっすぐに見つめると、力強く頷《うなず》いた。

「——飲むと元気になる、合法的なものです」

「……え」

……うん。自分でもちょっと怪しいかなと思った。合法的とか付け加えたせいで、より怪しい感じになったな、と思った。でも、今はすべてを受け入れて。受け流して。

「うまく説明はできないんですが、実際に見てもらったほうが早いです。まずは彼に飲んでもらいましょう」

そう。論より証拠。目は口ほどにものを言う。

というわけで、警備兵から金髪剃り込みアシメへと視線を移し、よいしょと頭を持ち上げた。

……たぶん、痛い。

いや、もしかしたらもう痛くないかもしれない。

まだ温かい体にほっとするけれど、その弱い息遣いに私のおなかは冷たくなって……。

だから、それを吹き飛ばすように。おなかに力を込めて、精いっぱい声を上げた。

「アッシュ！」

金髪剃り込みアシメの名前。アッシュ様と呼べ！　なんて胸を張って言っていた。

警備兵のみんなにそう呼ばれて、金茶の髪を自慢げに風にそよがせたよね。

「アシュクロード！」

名前なんて呼んだことなかったけど——

——でも、今は全力で。

すると、今まで変わらなかった表情がやっと動く。

眉間《みけん》にしわが寄って……ほんの少しだけど、髪と同色の金茶の目が開いて……。

「……う、る……さいぞ、田舎も、の」

掠《かす》れた声。いつも通りの憎まれ口。

「あなたの大好きな草料理を作ったので食べてください」

「草が……好きな……お前だ……ろう」

いやいや。あなたでしょ。

「しんどいと思いますけど、一口だけでも飲み込んでみてくださいね」

まだ飲み込める力があるのかはわからない。

でも、少し話すことができたから、きっとまだ希望はある。

だから、手に持っていたガラス瓶を開けて、慎重に口元へと運んだ。なるべくむせないように。

一滴でも体に入れれば、きっとなんとかなるはず。

けれど、やっぱりうまく飲み込めなくて、口からデトックスウォーターが零れてしまって……。

「……ちょっと無理やりにしますね」

その様子を見て、心を決めた。

「苦しくても、我慢！」

ぐいっと口を開けさせ、そこにデトックスウォーターを注ぐ。

そして、急いでその口を無理やり閉じて、ぎゅうっと頭ごと胸の辺りで抱え込んだ。

「飲んだら楽になりますよ！」

すると、胸の辺りでむぐっとか聞こえて、弱々しく暴れている気配がする。

たぶん彼は今、溺《おぼ》れている。

満身創痍《まんしんそうい》でさらに溺れるなんて災難だけど、少しでも飲み込めればきっと全部治るから大丈夫！

そして、そのおかげか、体から黒いもやが噴き出してきて——

「……っ！　これは……っ！」

「いったいなにを——っ」

周りにいた警備兵の焦った声。

でも、それをかき消すように黒いもやは空気に溶けていき、代わりにきらきらと光が輝いた。

そして――

「っお、い！　おい！　田舎者！」

抱え込んでいた頭からきぃきぃと怒鳴る声。

「怪我人には優しくしろ！　これだから田舎者は！」

いつも通りの声に、そばにいたＫ　Ｂｉｈｅｉブラザーズがわっと沸く。

私は彼らと入れ違いになるように、金髪剃り込みアシメから離れた。

「大丈夫ですか？」

「痛みはっ⁉」

「痛み……。ああ、そういえばないいな」

「ない？」

金髪剃り込みアシメが首を傾げながら答える。

その言葉を受け、Ｋ　Ｂｉｈｅｉブラザーズが金髪剃り込みアシメに巻きつけていた真っ赤に染まった布を取っていく。すると、そこから現れたのはざっくりと破られた服と、その下にある染み一つない肌。うん。案外、筋肉がある。

「……傷がない」

「そんな……」

絶句するＫ　Ｂｉｈｅｉブラザーズ。

私はその傷は見ていないけれど、この服の様子を見るに、たぶんザックリいっていたのだろう。

それが今ではまったくその名残《なごり》がない。

レリィ君の体を治すことはできたが、実際に傷に効くかどうかは未検証だった。

だから不安もあったけれど、さすが私のスキル。傷にもよく効く！

「お前がやったのか……？」

金髪剃り込みアシメの金茶の目が驚いたように私を見る。

だから、それに頷いて答えた。

「今はとりあえず怪我が治ると思ってください。私のスキルでここにいる方に同じものを作ります。ここにあと三つあるので、早く重篤な方へお願いします。残りもすぐに作ってきます」

「……そうだな。今はそれが重要だな」

私について聞きたいことはたくさんあると思う。

でも、金髪剃り込みアシメはそれを言葉にはせず、そばにいたK　B・i・h・e・iブラザーズに指示をしていく。

そして、K　B・i・h・e・iブラザーズは三つのデトックスウォーターを持って怪我人の元へと向かった。

「私は状況を把握する。怪我人の数がわかれば伝えればいいか？」

「はい。お願いします」

金髪剃り込みアシメは立ち上がると、自分の体を確かめるように視線を送り、手を握ったり足を動かしたりしている。

不思議そうなその様子がなんだかおかしい。

そんな彼の金茶の目を覗《のぞ》き込む。

「私の草料理、おいしいですか？」

そう。ずっと高笑いで草、草って言っていた。草、大好きだもんね。

なので、にんまりと笑って声をかけると——

「ま、あまあだな」

ふんっと鼻を鳴らして答えた。

そうして、回復した金髪剃り込みアシメはすぐに状況を確認してくれる。

ホールにいる怪我人は十名。全員警備兵だとわかった。

王宮の避難はハストさんやスラスターさんのおかげで、かなり素早くできたらしい。

だから、怪我人は最後まで王宮にいた警備兵で、それも落石によるものだけだった。

金髪剃り込みアシメが魔獣と対峙《たいじ》してしまったのは例外で、魔獣はハストさんが一人で相手をしているようだ。

今はレリィ君も援護に向かっているはず。

私は全員にデトックスウォーターが行き渡るように二度ほど台所へ戻り、デトックスウォーターを作った。一度に四つ作れるので、それを三回繰り返したので計十二個ほどだ。

そして、そこから怪我人である警備兵十人に渡せば、手元には二つ残る。

私はその手元にある二つを見て、一人でうん、と頷いた。

……行こう。

もちろんハストさんが強いのは知っている。レリィ君のスキルもきっと強い。

でも、やっぱり心配だ。ハストさんとレリィ君にもごはんを届けたい。

――すぐに治せるように。

――もっと力が出せるように。

なので、Ｋ　Ｂｉｈｅｉブラザーズが治ったのを見届け、こっそりとその場を離れた。

左手にはデトックスウォーター二つ。そして、右手にはハストさんの作ってくれた包丁！

……ほら、丸腰だとちょっとこわいし。

後ろから「待て！」という声が聞こえた気がしたけれど、それは聞かなかったことにして、木の陰に隠れながら進んでいく。

空を見上げれば、まだ影はたくさんあって、一か所に群がっているように見えた。

きっと、そこにハストさんとレリィ君がいるんだと思う。

そうして、魔獣がいるほうへと向かえば、そこはいつも訓練している警備兵の訓練場だ。

王宮の奥にあるそこで、ハストさんとレリィ君は魔獣を迎え撃っているらしい。

急ぎ足で訓練場に着けば、そこにはある光景が広がっていて……。

私は思わず呟《つぶや》いた。

「これはひどい」

ひどい。魔獣が死屍《しし》累々《るいるい》。

幸いなことに、魔獣には『血液』というものはないようで、大きな体がどすんと落ちているだけ。

もし、これで血液どばぁっとなっていたら、ここにはもう川ができていたと思う。

あっちの魔獣には首がないし、こっちの魔獣は黒焦げ。さらに串刺《くしざ》しはりつけ状態の魔獣がごろごろいる。ごろごろ。

……うん。この木の棒が突き刺さっている感じ、とても見覚えがあるね。

それをしたであろう人の姿を、空を見上げて探す。

すると、その人は思ってもみない場所にいて……。

「……魔獣に乗ってる」

うん。乗ってる。翼を動かし高く舞い上がる魔獣の背にハストさんが乗ってる。

魔獣の大きさはそれぞれで差があるけれど、今ハストさんが乗っているのは羽を広げれば、こぢんまりとした一戸建てぐらいの大きさがある。４ＬＤＫ＋ウォークインクローゼットって感じ。

褐色の羽毛に覆われた魔獣は背に乗るハストさんを振り落とそうと、攻撃を加えるために首を曲げる。

けれど、その錆色《さびいろ》の目はハストさんを見ることはなくて……。

「……わぁすたぁーんって」

首がね。すたぁーんって。

ハストさん、背中に乗ったまま魔獣の首を落とした……。

当たり前だけど、魔獣は力をなくして地面に落ちていく。

でも、ハストさんは次の魔獣へと狙いを定めるとその魔獣に向かって大きく跳躍した。

「……なるほど。落ちる前に次の魔獣に乗れば、永遠に空の上ってことか」

忍者がね。水面を移動するようにね。水に沈む前に足を出せば水に沈まない理論。それを空中で実現しているね。

魔獣に飛び乗り、首がすたぁーん。落ちる前にぴょーん。

そして、すたぁーん。ぴょーん。すたぁーん。ぴょーん。

「これがくんれんでえられる」

一人、空を見上げて戦慄《おのの》く。

いつぞや、ハストさんが口にした言葉を思い出したのだ。

『コツさえ摑《つか》めば、魔獣も一撃で屠《ほふ》れるようになるかと』

私が訓練したらこうなるの……？　ハストさん……。ほんとうにいちげきでほふってる……。

「シーナさん！」

目の前に広がる惨劇に淡く笑えば、少し遠くからレリィ君の声がした。

そちらを見ればレリィ君が私を見ながら、ちょうど魔獣に向かって炎を放つところだった。

レリィ君の右手に青く揺らめくものが巻きついている。

そして、その右手で魔獣を指差せば、その青が魔獣の体に乗り移って……。

……うん。ウェルダン。よく焼き。

どうやら、あちらこちらにある黒焦げ魔獣はレリィ君がやったようだ。

炎が青いのはそれだけ温度が高いからだろう。ガスの火などと同じように、オレンジの火よりも高温なんだと思う。

すごく強いスキル。だからこそレリィ君はそれに命を脅かされていた。

それが、今では自由自在に操れている。

「シーナさん、どうしてこっちに？」

「警備兵の人たちは元気になったから、二人にと思ったんだけど……」

走ってくるレリィ君に左手で持っていたデトックスウォーターを見せる。

するとレリィ君は魔獣との戦いの中とは思えないくらい、うっとりと笑った。

「僕のはじめて、だ」

語弊。

「って、レリィ君！　後ろ！」

うっとりと笑うレリィ君の後方から迫る魔獣。

上空から急降下してきたようで、足についた鋭い鉤爪《かぎづめ》をまっすぐレリィ君に向けていた。

焦って思わず包丁を魔獣に向けた私とは対照的に、レリィ君は落ち着いてその右手に巻きつく青い炎を魔獣に向けた。

けれど――

「え」

「……え？」

急降下してきたアフリカゾウぐらいの大きさの魔獣。

それがなぜかきらきらと輝く。そして、その身から光があふれ出した。

まぶしくて目を細めれば、光の中で魔獣の体がぐんぐんと小さくなっていくのがわかる。

その光はパンッと弾けるように消えると、その後には両手で抱えられるくらいの茶褐色のものだけが残った。

「これは――」

いきなりのことにレリィ君はその場から動けず、パチパチと瞬きをしている。

けれど、私はその現れた姿を前にごくりと喉《のど》を鳴らした。

「――地鶏」

「……じどり？」

レリィ君の不思議そうな声にこくりと頷《うなず》く。

そう。そこにいるのは紛れもない地鶏……！　コッコッと鳴きながら、あっちに歩いてる……！

一般的に日本で食べられる鶏はブロイラーと呼ばれるものだ。

ぎゅうぎゅうに押し込まれた工場内で日夜ごはんを食べ続け、あっという間に大きくなる。

それも十分おいしいが、地鶏というのはブランドで飼育環境からきちんとした決まりごとがあるのだ。

だから、厳密に言えば地鶏じゃないかもしれないが、そこにいる茶褐色の体を持つ鶏は地鶏の風《ふう》貌《ぼう》をしていた。

茶色の羽毛は毛ヅヤがよく、しっかりと生えそろっている。とさかも健康的な赤色。黒い瞳《ひとみ》は光を反射し、きらっと輝いた。

そして、なによりもその肉付き！　しっかりと運動し鍛えたももはふっくらとしていて力強く、胸は大きく張り出していた。

――そう！　まさに地鶏！

「今、シーナさんがその包丁を向けると、魔獣が変化したよね？」

「……うん」

興奮する私に、レリィ君が冷静に尋ねてくる。

その声に私はただ頷くことしかできない。

そう。包丁がなんか光ってた。

包丁を魔獣に向けると、包丁がきらって光って、それから魔獣の体が一気に輝いたように思う。

「魔獣は元々はただの動物だったんだ。でも、瘴気《しょうき》に呑まれて体が変化してしまう。生命の輪から外れたものだから、血は出ないんだ。そして、一度、生命の輪から外れたものはもう戻れない。正確には魔獣化したときに命は終わってる」

レリィ君の説明になるほど、と頷く。

つまり魔獣は生き物、という枠で考えないほうがいいのかもしれない。

でも、今、コッコッと鳴く地鶏は明らかに生命があるわけで……。

「……これってすごいこと？」

「うん。伝説になると思う」

「でんせつ」

その響きに、あのときの感情を思い出す。作ったときに過《よぎ》ったあの一抹の不安。

それは切れすぎたらどうしよう？　だった。

でも、ちゃんと包丁だった。今日この日まで、金髪剃《そ》り込みアシメが材料を提供し、ハストさんが作ってくれた包丁は紛れもなく包丁だった。

でも、今はなんだかちょっと違う。なにかちょっと違う。

包丁をじっと見て動けなくなった私。

でも、レリィ君はそんな私を崖《がけ》から突き落とすように、若葉色の目をきらきらさせた。

「聖剣だね」

「せいけん」

――私は　魔獣《でかい》が地鶏《おいしい》に変わる聖剣　を　手に入れた！

なぜ。なぜこんなことに。

包丁をじっと見つめていると、ハストさんも空から降りてきた。

ハストさんも空から地鶏に変えたところを見ていたようだ。そして、この力についても推測をしてくれた。

やっぱり、この力は私が異世界の人間だからではないか、ということだった。

ハストさんが包丁を作ってくれたからでも、金髪剃り込みアシメの家宝の剣が実はすごいものだった、というわけでもないらしい。

レリィ君が包丁を持ち、魔獣に掲げたけれど、なにも起こることはなかった。

……うん。私専用の聖剣ですね。

その事実を曖昧《あいまい》に笑って受け止め、とりあえず二人にデトックスウォーターを渡す。

二人とも怪我などはしていなかったようで、黒いもやが噴き出ることはなく、体がきらきらと輝いた。

そして、その先に待っていたのは――

――蹂躙《じゅうりん》！

……まあね。もともとね。二人は強かったもんね。

金髪剃り込みアシメの様子を見て、二人があんな怪我をしたら……！　といても立ってもいられず来てみたが、二人は大きな鳥型の魔獣に臆《おく》することなく向かっていた。

空から来る敵に対してレリィ君のスキルはとても有用に思えたし、ハストさんはもう人間じゃなかった。

だから、そもそも私が来る必要はなかったかもしれないが、私のごはんを食べた二人はさらにすごい。

なんかレリィ君は両手から青い炎を出して、翼っぽくなったそれで空を飛び始めたし、ハストさんは気的なものを放出しはじめて、一気に三体の魔獣の首が飛んだ。まさに無敵。

さらに怪我が治り、強くなった警備兵の人たちも参戦すれば、魔獣の不利は明らかで、あんなにたくさんあった影はあっという間に殲滅《せんめつ》された。

一気に押し寄せた魔獣の一団を倒せば、後に続くものはない。

やはり、レリィ君の言っていたように、結界がなくなってしまったわけではなく、魔獣の一団がたまたま外に出てしまった、事故のようなものだったのだろう。

残ったのは訓練場に落ちたたくさんの魔獣の亡骸《なきがら》。

そして、時折、私が変化させた地鶏。魔獣の隙間をコッコッと歩き回る牧歌的光景。

ハストさんは一応の安全を確認すると、素早く私を部屋へと帰した。

たぶん、王宮に人が戻る前に私をその場から隠すためだと思う。

ハストさんは今も、私が面倒なしがらみにとらわれることのないように考えてくれているのだ。

……でも、私は大勢の前でスキルを使ってしまったわけで。

まだ人の気配のない王宮の部屋。一人でこれまでのことを考えてみた。

いきなり召喚に巻き込まれて。

よくわからないながらも、楽しく生きるぞ！　と決めて。

ハストさんにごはんを食べてもらって。

レリィ君の体が治り、弟を好きすぎる兄がいて。

警備兵の人たちともちょっとずつ打ち解けて。

ここに巻き込まれ召喚されて、なにか立派な成果を上げたわけじゃない。

でも……。

「……楽しかったな」

……うん。ちゃんと楽しかった。

ハーブの世話をして、台所に感謝して。

悪くない日々だった。

「それも終わりかぁ……」

ぽつりと漏らせば、その事実に少しだけ胸が痛んだ。

外ではハストさんやレリィ君、警備兵の人たちは後片付けに追われているんだろう。

でも、私はとくにやることがなくて、少しだけ痛む胸を抱えたまま夜になり、いつも通りに眠った。

そして、いつも通りに朝が来て、ベッドから起き上がり、身支度をする。

――きっと今日でこの生活は変わる。

あれだけ大勢の前でスキルを使ったのだから、きっと私のスキルのことはバレるだろう。

ハストさんが動いてくれたり、スラスターさんが隠蔽《いんぺい》してくれたりするだろうが、警備兵はあくまでこの国に仕える人たちだ。上へと報告する義務がある。

それに悪気がなくても、金髪剃り込みアシメならぽろっと口走りそうな気がする。いつも会話に情報量が多かったしね。

……仕方ない。そうなるかもしれないと思って力を使った。

それでもいいと思ったし、その結果、この生活がなくなるのならば、結果は受け止める。

「よしっ！」

身支度を整え、気合を入れた。

――大丈夫。私はどこでも楽しくやれる。

そして、時間きっかり。いつもと同じように扉がノックされた。

「イサライ様」

「シーナさん！」

「はい」

いつも通りの低い声と明るい声。

耳に馴染《なじ》んだその音に、私もいつも通りに扉を開けた。

「おはようございます」

そうして挨拶《あいさつ》をすれば、いつものように二人も挨拶を返してくれる。

いつも通りのいつもの顔触れ。

――でも、いつも通りもきっとここまで。

これから私が行くのはどこだろう。どんな人たちと話をするんだろう。

私のスキルをどう扱ってくれるのか。私はどんな待遇になるのか。

……わからない。

でも、それを伝えないといけないであろうハストさんとレリィ君に負担をかけたくなくて、あえて笑って二人を見た。

「今日はどこへ行きますか？」

どこでも大丈夫だよ、と。

そんなつもりで言葉を発したんだけど、二人の目は優しくて……。

「……いつも通り、騎士団の訓練場へ行きましょう」

「うん。いつも通りにね！」

そう言って、レリィ君はぎゅうっと私の腕を抱え込む。

本当にいつも通り。

そんな二人の様子に私だけがあたふたとしてしまう。

……すごく一人でしんみりとしてたのに、まさかの総スルー！

いや、もちろん昨日の今日だし、全然なにも変わらないっていうこともあるのかもしれない。

でも、昨夜からしんみりしていた自分はいったい……。

まあ、変わらないならそれが一番なので、いつも通りに騎士団の訓練場へと行く。

すると、そこにはいつも通りではない光景が広がっていて……。

「えっと……これは……」

思わず声が出てしまう。

びっくりして目をうろうろとさまよわせてしまうけれど、そんな私にハストさんがそっと囁《ささや》いた。

「王宮に人が戻る前に、どうしても彼らからイサライ様に伝えたいことがあるようです」

「……私に？」

その言葉にもっと驚いてしまう。

そこにいるのはよく顔を見るＫ　Ｂ・ｉｈｅ・ｉブラザーズの人たち。

昨日、怪我をしていた人たちのようだ。

そして、彼らは今、ビシッという言葉がつくぐらいまっすぐに立ち、きっちりと整列していた。

爪先にまでも気を張り巡らせているかのような姿勢。

訓練場にいるときは紺色の上着を脱いで、シャツのボタンも二、三個開けているときが多いのに、今朝はきっちりと上着を羽織り、首の上のほうのボタンまでしっかりと留まっていた。

しかも、訓練しているときは汚れてもいいように、と少し擦り切れたような革のブーツを履いているのに、今日はそれさえもピカピカだ。

……全然違う。いつもの彼らとは全然違う……！

そして、彼らの真ん中には金髪剃り込みアシメがいて、まっすぐに私を見ていた。

「あなたのことを聞きました。異世界から来た方だと」

いつも高笑いをしている声。

それが今は落ち着き、耳に心地よい音として届いた。

「これまでの私たちの無礼を申し訳ないと思う。異世界から来たあなたに接する態度ではなかった」

『あなた』っていうのは私のことのようだ。

そんな風に呼ばれたことがないからびっくりしてしまうけれど、でも、その金茶の目は真剣で……。

「……あなたは怒っていい。私たちを嫌い、もっと避けてもよかったはずだ」

眉《まゆ》を寄せながら、苦しそうに、けれどしっかりと私へと言葉を届けようとしている。

「しかし、あなたはなんの迷いもなく、私たちの元へ駆けてきてくれた。戸惑いなく、その力を私たちに分け与えてくれた」

金茶の目だけじゃない。

みんなの目がまっすぐに私を見ている。

「私たちは忘れない。あなたのしたこと——その心を」

そこまで言うと、みんなは一斉に腰に佩《は》いている剣を抜いた。

同じタイミング、同じ動作で抜かれた剣は胸元に掲げられ、まっすぐに空を指す。

「——この剣はあなたのために」

そして、銀色の刀身が光を受け、きらっと輝いた。

「あなたの秘密を決して漏らさないと誓う」

大勢の男性が一斉に同じ行動をする迫力。

真剣な眼差《まなざ》しと落ち着いた声。

それがただ私一人に向かっていて……。

「……みなさん、元気になったならよかったです」

なんだか体の奥のほうが熱くなってくる。

だから声が震えそうになって……。でも、そうならないように必死で声を保った。この熱さにちゃんと言葉を返したいと思ったから。

「私の我儘《わがまま》ですが、できればあまりスキルのことを知られたくないと思っています。できれば、なにかに縛られるのではなく、自分で楽しいことを見つけたいから。だから、みなさんが私の秘密を守ってくれるのならば、とても助かります」

ありがとう、とお礼を告げて。

でも、と言葉を足した。

「あ、態度とかは今まで通りでいいですから」

「しかし」

「剣も納めてください」

「はっ」

私の言葉に、胸の辺りで掲げていた剣を一斉に下ろす。

……いや、このきびきび感がね。

「いきなり態度が変わると変に思われます。いつも通りで」

こちらを見ている一人一人と目を合わせて、お願いします、と視線を送る。

そして、金茶の目にも視線を合わせた。

「お前とか田舎者《いなか》とかでいいですから」

なんか『あなた』って言われると変だし。

「……！　そういうわけにはいかない！」

「あ、そうそう、その声。ちょっと怒鳴ってるくらいがいつも通りですよね。なんだかさっきは別人みたいで、騎士かと思いました」

「騎士だ！」

きぃきぃと怒鳴る声。

あっという間に戻ってきた声になぜか安心する。

この耳障りな声がいつも通りだもんね。

「……名前を呼べばいいか？」

「あ、まあそうですね」

『あなた』よりは不自然さもマシかもしれない。

「シー……ナ……」

「え？」

「い、イサライ・シーナ！」

まさかのフルネーム。どっちかでよくないか。

しかも、こちら風の呼び方じゃなくて、日本風の苗字《みようじ》、名前の順番だし。

その辺りはもしかしたら気遣ってくれたのかもしれない。だから、私もしっかりと彼を見上げて、その名を呼んだ。

「はい。アッシュさん」

その目を見て、にんまりと笑う。

すると、金茶の目は大きくなって……。

「……っ！　そうだ！　私はアッシュだ！　アシュクロードだ！」

「はい。知ってますけど」

呪文みたいなすべての名を言う自信はないけれど、名前のほうはちゃんと覚えている。

アシュクロードさん。愛称、アッシュさん。高笑いで草が好き。悲鳴多め。うん。知ってる。

そんなやりとりをしていると、ハストさんに隣からそっと言葉をかけられた。

「イサライ様。彼らはイサライ様の秘密を守ります。これからも今まで通りの生活が送れるかと」

「はい」

……今まで通り。

ハストさんに護衛してもらって、レリィ君と一緒に過ごして。ごはん作って、おいしいって言ってもらえる日々。

昨夜から少し痛かった胸が。警備兵のせいで熱くなった体の奥が。あたたかいものでふんわりと包まれる。

だから、思わず口元が緩んでしまって……。

緩んだ口元のまま、ハストさんを見上げれば、そこにあるのは水色の目。

いつもいろいろな感情を表してくれる色。

でも、今はその色がなんだか不思議な色をしていて……。

そして、ハストさんははっきりと告げた。

「イサライ様。私は北へ帰ります」

いつもの落ち着いた低い声。

だけど、その声は私を安心させてはくれなくて……。

呆然《ぼうぜん》と見上げれば、ハストさんは水色の目を一度瞬いてから、ゆっくりと言葉を続けた。

「そもそも私は聖女様の護衛として王宮に来ました。強さを見込まれたのはもちろんですが、北の騎士団という魔獣と戦う当事者として、聖女様に仕えるためです」

「……はい」

「本来なら特務隊を取り仕切る任務でした。そうして人を動かし、聖女様に魔獣の恐ろしさを伝え、つつがなく結界の維持をしてもらおう、と」

ハストさんの言葉。それはハストさんが北の騎士団を離れた理由だ。

そのことは私も知っていた。

ハストさんが本当は立派な任務につくはずだったこと。もっと上の地位で私とは関係がないはずだったこと。

それに私が頷《うなず》くと、ハストさんはさらに言葉を続けていく。

「しかし、一人だと思われていた異世界の方が実際には二人だった。スキルも鑑定され、一人は聖女様で間違いない。そちらは予定していた通り、歓待し、手厚く警備をし、最高級のものを手にしていただくことになりました。……けれど、もう一方は」

口を閉じたハストさん。

その水色の目はそのときを思い出したのか、少し怒りがあるように見えた。

「なにも与えはしないが、もしものために手元に置いておこう、と」

ハストさんの低い声。

それにつられるように、私も少し前のことを思い出した。

王宮の端の端の部屋に文字通り投げ入れられ、押し込まれ、ただなにもわからないまま過ごした夜。

翌朝の食事は温かかったけれど、日を追うごとにスープはぬるくなり、パンは固いものが出るようになった。

……ずっと一人。

だけど――

「私はその話を知り、聖女様の護衛の任を外れました。……聖女様にはたくさんの人がつき、たくさんのものがある。だから、スラスターと交渉し、イサライ様の護衛につきました。……誰もいない世界でただ一人よりも……。せめて、私だけでも、と」

そう。ずっとハストさんがいてくれた。

扉の前に立って。ずっと。

「私は女性に好かれる性質ではありません。むしろ、こわがられ、怯《おび》えられることのほうが多い。だから、イサライ様へもどう接するべきか悩み、なかなかうまくできませんでした」

水色の目が少し細まる。私を見るその目はまぶしそうで……。

「けれど、あなたは一人で前を向いた」

朝の光に照らされて、ハストさんの銀色の髪が輝く。

「異世界に召喚され、よくわからないままに部屋に押し込められ……。そんな中でも一人で立とうとしていた」

そして、そのときを懐かしむように、水色の目を閉じた。

「ベーコンエッグを食べたイサライ様を見たとき。笑顔を見られて、本当に安心しました。そして、必ず守ろう、と。私が守らなければならない、と強く思いました」

ゆっくりと。でも、しっかりと告げていたハストさんの声。

それがここに来て、初めて揺れる。

「――でも、結局は私ばかりが楽しかったのかもしれない」

そっと開いた水色の目。

その目は優しい。

でも、いつもと違い、眉尻《まゆじり》が下がった表情は少し寂しそうで……。

「あなたのまっすぐに見上げる目。素直にかけてくれる言葉。――一緒にいて守られていたのは私だった」

ハストさんはそこまで言うと、ふっと表情を戻した。

――あっという間の出来事。

もうこれでいつも通り。あまり表情を変えない普段のハストさんだ。

「イサライ様のその心があったから、今がある」

そして、私を励ますように、またしっかりと言葉を告げた。

「レリィは必ず力になってくれ、スラスターもあなたの手足となる。警備兵もいれば、きっとこれまで通りの生活が送れるはずです」

大丈夫だ、と。

今まで通りに過ごせるのだ、と。

「だから、私は北へ帰り、やるべきことをします」

――ただそこにハストさんはいない。

「結界がなくなることは建国以来ありませんでした。だから、これからどのようなことが起こるかわかりません。昨日のように魔獣が王宮に来ることもあれば、魔獣の住む北の森周辺が襲われることもあるでしょう。結界も徐々に弱くなるのか、しゃぼん玉のようにパチンと弾けてなくなってしまうのか。どうなるかは未知数です」

「……はい」

ハストさんの言葉に頷く。

そう。今回はたまたま魔獣がまっすぐに王宮へ飛んできて、たまたまハストさんがいたから、被害も少なく済んだ。

けれど、次はわからない。

聖女である女子高生がスキルを使えるようにならなければ。

結界に力を送れるようにならなければ。

これからなにが起こるかはわからない。もっとひどい状況も簡単に想像できてしまう。

「私には魔獣を倒す力がある。ですから、有事の際、すぐに対応できるように、前線で戦うのが私の使命だと感じました。……それがイサライ様を守ることにも繋《つな》がる、と」

本当に……。ハストさんの言う通りだ。

ハストさんの力は前線で使うべきものだろう。

それはもちろん国のためでもあるけれど、ハストさんのためにもなると思う。

ここで落ちぶれ令嬢だと思われている私の護衛をするよりも、その力を存分に使ったほうが、きっとハストさんは輝ける。

ハストさんはあるべき場所へ。

今までが異常だっただけ。こんなに強い人を私一人の護衛に押し込めるなんて間違っている。

……だから、ここでさよならだ。

いってらっしゃい、がんばってくださいと手を振るのが正しいから。

――でも。

一度、目を閉じ、息を吐く。

そして、しっかりと上を向いた。

「あの約束は有効ですか？」

「……約束？」

不思議そうに瞬かれる水色の目。

その目を見上げて、にんまりと笑いかけた。

「私の意思に反していれば、ここから連れ出してくれるって言ってくれたことです」

そう。それはトマトのブルスケッタを食べたとき。

約束してくれたあの言葉。それが今、胸に響いている。

「ハストさんは自分ばかりが楽しかったって言いましたけど、私も楽しかった。ハストさんといるのは本当に楽しいです」

びっくりするほど強くて。

いつもおいしそうにごはんを食べてくれて。

「ハストさんが守ってくれたから。だから私は選べると思うんです」

一緒にいてくれたから。

私の意思に反することがないようにって、いつもいろいろと教えてくれたから。

――ハストさんが守ってくれたから。

きっと、私だけならすぐにスキルのことはみんなに知られ、よくわからないままに利用され、気づけば自分の望みじゃないことをしていたかもしれない。

――でも、今は選べる。

危ないときは台所に逃げればいい。

どんなに強い敵でもハストさんなら倒してくれる。

それにレリィ君の魔法の力とスラスターさんの権力があれば、なんでもできる。

そして、警備兵のみんなは秘密を守ってくれるから……。

この国での私。今の私はどこかの国から追い出された、ただの落ちぶれ令嬢だ。

……それならきっとどこへでも行ける。

だから、私は――

「……私も行きたい」

言葉にすれば、それが胸の中で弾けた。

だって、選べるなら……。私が選んでいいのなら……。

「連れて行ってください」

――楽しいほう、一択！

「知らない世界を教えてください。知らない景色を見せてください」

この世界を知りたい。見たことのないものを見たい。

まだわからないことだらけ。それを想像するだけでわくわくする。

「行ったことのない土地でやったことのないことをしたい」

この世界で楽しく生きると決めた。

そして、それを一緒にしたいのは――

「……できれば、ハストさんと」

――あなただから。

なんだか最後は声が小さくなってしまった。

だから、ちゃんとハストさんに届いたか不安になって、水色の目をじっと見る。

その目はみるみる大きくなっていって……。

そして、目と目の間。鼻のところをくしゃっとさせて笑った。

「――光栄だな」

その無邪気な笑顔につられるように、私の頬も緩んでしまう。

すると、なぜか体がふわっと浮遊感を訴えた。

「え」

え。なんで。おかしい。

さっきまで私より目線が上だったはずの警備兵の顔が下に見える。

しかも、なぜか足に地面の感触はないし、強くて、でも優しいなにかに腰の辺りをきゅっと支えられていた。

「ハストさん……！」

これは……！　抱っこされてる……！　待って！　私、なんかぎゅうっと抱きしめられている気がする……！　しかもなんか父親が子供にする、抱えあげられているようなやつだ……！

びっくりして声が出る。

そして離してもらおうと、急いで私の顔の下にあるハストさんの顔を見れば、なんだかその水色の目には熱があって……。

「もう少しだけ」

熱い目が私を見る。

それに言葉をなくすと、ハストさんは私の腰にある手に少しだけ力を込めた。

「あなたを味わいたい」

「ひぃっ」

出た……！　大人の色気が出た……！

なんかセリフがあやしいけれど、きっとこれは文字通りに食べられるやつ。頭からばりばりと骨ごと食べられるやつ。

シロクマに食べられる私。いやだ。笑いごとじゃない。

逃げようと体をよじるんだけど、ハストさんの手は優しく、やわらかく私を支えているようなのに、決して外れない。なにこれ。どうなってるの。

「シーナさんが行くなら、僕も行くよ。……僕のはじめての人だから」

語弊。

いつもなら肩辺りから聞こえる語弊が、今は腰の辺りから聞こえる。

それに気づき、視線を下げれば、そこにはレリィ君がうっとりと笑って私を見ていた。

……そう。見ている。

ハストさんに抱き上げられている私を見上げている。

そういえばそうだね。ここはハストさんと私だけじゃなくて、他にも人がいたね。つまり私は大勢の人の前でこんな場面を見せてしまったんだね。

その事実に顔を青くしながら、そちらを見た。

すると、警備兵のみんなはなにやらぼそぼそ囁《ささや》きあっていて……！

すぐに下ろして！　今すぐに！

「ハストさぁん……！」

懇願するように呼べば、ハストさんはとってもうれしそうにきらきらと笑った。

締めの品　地鶏のローストチキン

みんなの前で抱き上げられるという恐ろしい体験の後、王宮は急ピッチで片付けられ、私はハストさんと一緒に北の騎士団へ行くことになった。

本当ならさまざまな手続きがあるんだろうけど、それも問題はない。

『オーケー、スラスターさん。北の騎士団への行き方』

と呪文を唱えれば、すべてはなんとかなる。『ヘイ、スラスターさん！　北の騎士団　行き方』の呪文も使える。互換性がある。

そんな便利なスラスターさんだけど、レリィ君と離れるのがつらいらしく、何度もレリィ君に縋《すが》りついていた。

部屋のソファに座る私とその腕に絡まっているレリィ君。まあいつもの光景だ。

おと、うとだからね。

そして、兄であるスラスターさんはレリィ君の足元に侍《はべ》りながら、私には一瞥《いちべつ》もくれない。これもいつもの光景。

スラスターさんはレリィ君の膝《ひざ》の辺りをすーはーすーはーと胸いっぱいに吸い込んでいる。こわい。時々、レリィ君に蹴《け》られてるのにまったく気にしていないところがさらにこわい。そんな兄弟がすでに私の日常に組み込まれていることはもっとこわい。全体的にこわい。

「ヴォルヴィはここにいることがおかしかった。早く北へ帰ればいい。あなたも今のところはまだ自由です。多少の首輪はつけますが、基本的には好きにしてくださって結構」

そんなスラスターさんに北の騎士団行きのことを話すと、即了承された。

うん。深い碧《みどり》色の目がね、消えろ、ドブネズミ！　って言ってるね。

そして、そんなスラスターさんに、レリィ君はなんでもないことのように言い放った。

「あ、兄さん、僕も行くからね」

「……え？」

「シーナさんが行くなら、僕も行く。シーナさんは僕のはじめての人なんだから」

語弊。

まっすぐな瞳《ひとみ》で語弊。

もう恒例になってしまった語弊だけど、今回はスラスターさんにとって受け入れられないものだったようで……。

それまですーはーすーはーしていた至福の顔は一気に変貌《へんぼう》した。

曰《いわ》く、一日一回はレリィ君を吸わないと禁断症状が出るだとか、男だらけの騎士団に行ったらレリィ君が辱められるだとか。子ウサギが狼《おおかみ》の群れの中に……！　だとか。

全体的にあれだが、その弟を思う気持ちは本当らしい。でも、そんな兄の心配に対して、レリィ君は気持ち悪い、とバッサリ。

そして、最終的には「僕の言うことを聞くの？　聞かないの？」とゴミを見る目になり、スラスターさんは二秒で「聞く！」と元気に返事をしていた。

兄弟とは。兄弟愛とは。

まあ、そんなわけで私たちの北の騎士団への移動は概ね問題なく了承され、今日は今までお世話になった人とお別れ会のようなものをすることになったのだ。

場所はお馴染《なじ》みの騎士団の訓練場。私とハストさん。レリィ君にスラスターさん。そして、アッシュさんやＫ　Ｂｉｈｅｉブラザーズのみんなで一緒に。

訓練場に持ち出した大きなテーブルに各々が集まっている。そして、その前にはまな板と包丁。

そう！　今日はみんなでごはんを作るのだ！

「では、手洗いも終わったので、早速作業に入りますね」

「はい。準備はできております」

私の言葉にハストさんがテーブルを指す。

そこにはにんじん、たまねぎ、セロリ、マッシュルームなどのきのこ、にんにく、ハーブ。そして、中央には布がかけられたこんもりとしたふくらみがあった。

「イサライ・シーナ！　まずはなにからするんだ！」

私の声にしっかりと腕まくりまでしたアッシュさんがははは！　と高笑いを上げる。

うん。最初に計画を話したときはなんだそれは！　と言っていたが、結構乗り気である。そして、それにつられるようにＫ　Ｂｉｈｅｉブラザーズもしっかりと腕まくり。

「シーナさんと一緒に料理ができるなんて……」

そして、私の隣でうっとりと目を細めるレリィ君は、あざとくもピンクのフリルエプロンをつけている。大変目によくない。

「ああ！　私の子ウサギ！　エプロン姿もなんて可愛らしい……！　ああ……この、きらめきの中に淡く感じるときめきのなんというかぐわしさ……！」

そんなレリィ君の足元に縋りつく男性。いつも通りのきっちりした貴族服は膝が土で汚れている。レリィ君との別れが迫った昨今。スラスターさんはすべての対外的姿勢を放棄した。誰に見られてもかまわない。ずっと嗅《か》いでいたい、と。

というわけで、今回も手伝うつもりがまったくない。まあ許可をもぎ取ってきたのは彼だから、彼の役目はすでに終わったんだろう。

なので、それは見なかったことにして、こほんと一つ咳払《せきばら》い。そして、にんまりと笑った。

「では、さっそく。今日、みなさんに使ってもらうメイン食材はこれです！」

でーでってでーでってーでってってでー！

心の中で音を流しながら、テーブルの中央にかかっていた布をザッと手元に引き寄せた。

するとそこからはどどん！　と食材が現れて――

「地鶏！」

丁寧に下処理をされたそれは、しっかりとした皮で覆われている。

その身には張りがあり、とくにももの部分も、胸も大きく膨らんでいた。

そう！　これはあの地鶏！

魔獣から私の包丁（聖剣）で変化したあの地鶏！　コッコッと鳴いていたあの地鶏なのだ！

おいしくいただきます。

「イサライ・シーナ！　これは……」

「はい。王宮にいたのを捕まえてもらって、料理長に下処理を頼んでおきました」

きれいに羽を取り、内臓が抜かれている地鶏だが、さすがに私には生きている鶏の下処理をする技術はない。だからどうしようかな、と思っているところに、料理長が声をかけてくれたのだ。

いつもハーブの世話をしてくれているんだから、それぐらいはやらせろ、と。

本当にありがたい限りだ。

そんな下処理をされた地鶏、こうなると丸鶏という呼び方がわかりやすいかな。それを見て、レリィ君がこてりと首を傾けた。

「シーナさん、これはこのまま使うの？」

「うん。何品か作ろうかと思ったんだけど、人数が多いから一品をたくさん作って、みんなでわいわい食べたほうがいいかなって」

「いいと思う！　なんだか豪華な感じになるもんね」

ピンクのフリルエプロンをふわりと揺らし、レリィ君がうれしそうに笑う。そんなレリィ君のそばで、ああかぐわしい、ああかぐわしいと呟《つぶや》く人がいるが、きっとまぼろしである。

「では、さっそくなんですが、みなさん手元に一つずつ取ってください」

そんな私の合図で、それぞれが一つずつ丸鶏を手元に取る。

全部で七羽いたが、一緒に作業をすればあっという間に終わるだろう。

「まずは塩を擦り込みます」

わかりやすいようにみんなに説明をしながら、右手で塩を掴《つか》み、それを丸鶏にまんべんなくつけていく。

みんなも私の作業を見ながら、それぞれ手元にある丸鶏に塩を擦りつけていった。

「おい！　これはどれぐらいつけるんだ？」

向かい側から聞こえる声にそちらを見れば、アッシュさんが塩を前にうーんと唸《うな》っている。

「そうですね。今回はタレに漬けこんだりはしないので、しっかりつけて欲しいです」

「これぐらい？」

そんなアッシュさんの声に答えれば、隣にいたレリィ君が塩をてのひらに載せて、分量を見せてくる。

だいたいそれぐらいで大丈夫なので、うん、と頷《うなず》いて、その手に私の手を寄せた。

「まずはこうやって全体に振ってね……その後でこんな感じで塩を擦りつけていく感じ」

アッシュさんにもわかりやすいようにレリィ君の後ろに回り、その手を支えて、一緒に作業をする。

塩を擦りつけるところは、レリィ君のてのひらの上に私のてのひらを載せて、ゆっくりと撫《な》でる感じに……。

「……シーナさんが手取り足取り」

ぼそりと呟かれた言葉。そして、よく見ればレリィ君の頬は桃色に染まっていて……。

そんな現状に私はぴゃっと体を退けた。

確かに手は取ったが足は取ってない。足を取っているのはスラスターさんだ。

「さて、この塩はおなかの中にも塗ってください」

なにもない。なにもおきなかった。

だから私は無になって、次の作業を指示していく。

「塩が終わったら、にんにくも擦り込みます。にんにくは皮を剥《む》いて半分に切ってください。断面を鶏に擦りつけます」

見本を見せるようににんにくを一かけ取り、その作業をする。

包丁やまな板なんかも料理長が貸してくれたので、みんな一斉に同じ作業をしても安心だ。

「にんにくもおなかの中にすりつけてくださいね。あと、そのにんにくは使うので取っておいてください」

「料理というのはおかしなものだな。これを塗るだけで味が変わるのか？」

アッシュさんはやれやれと言いながら、それでも言った通りに割と丁寧に作業をしている。それはＫ　Ｂｉｈｅｉブラザーズのみんなも同じで、やれにんにくの皮が剥きにくいだの、やれにんにくを横半分じゃなくて縦半分にしてしまっただの。わいわい言いながら作業をしていて、なんだかんだ楽しそうだ。

みんなの作業を確認しながら、頃合いを見て、次の作業を指示していく。

「では、にんにくが終わったら、次はおなかの中に、野菜を入れていきます」

そんな私の指示に、レリィ君が不思議そうにぱちりと目を瞬かせた。

「鶏と野菜を鍋《なべ》に入れて、一緒に煮込むわけじゃないの？」

「うん。丸鶏のおなかの中に具材を入れるとね、中に入れたものが蒸し焼きみたいになって、すごくおいしくなるんだ。鶏には野菜の風味が。野菜には鶏のうま味が移るから」

その言葉にレリィ君はわぁと感心したように声を上げた。すると、今まで黙々と作業をしていたハストさんがぼそりと呟いて……。

「……それは楽しみですね」

落ち着いた低い声。でも、それはなにかを期待するように少しだけ弾んでいる。

きっと私の話を聞いて、味を想像したんだと思う。

レリィ君とは反対側の隣に立つハストさんの水色の目が、きらきらと輝いた。

その目に思わず口元が緩んでしまう。そして、それを直すために一度、口をイーッと横に引き伸ばした。

「おいイサライ・シーナ。変な顔をしてないで、次はなにをするんだ？」

そんな私にアッシュさんが声をかける。

……確かに変な顔をした自覚はある。

なので、文句は言わず、次の作業の指示へ。

「野菜ですが、これは一口サイズに切ってください。たまねぎは皮を剝いて、くし形に。にんじんはしっかり洗って、泥と薄い皮は取ってあるので、そのまま切っても大丈夫です。セロリは茎の部分を使うので、こうやって……」

話をしながら、セロリを茎と葉に分かれている部分でポキッと折る。そして、葉の部分をすーっと茎の部分へと下ろしていくと、茎に縦に入っている筋が一緒に取れていき……。

「おお……」

アッシュさんやＫ　Ｂｉｈｅｉブラザーズが思わず、といったように声を上げる。

そう。セロリの筋取りはね、ちょっとすごいよね。なんてことないけど、なんかすごいよね。

「もしうまく筋が取れなくても、あとで包丁で取るので、問題ないですから。あと、きのこは適度な大きさに分けてください」

そうして、私の作業を見終わると、それぞれがまた作業に取りかかる。みんな、セロリを折りたいようで、あっちでポキッ、こっちでポキッ。俺のほうがたくさん筋が取れただの、俺のほうがきれいだの、わいわいとしている。

「……ハストさん、上手ですね」

そうして、みんなの作業を見ていたのだけど、ハストさんの作業が速い。たまねぎもきれいなくし形だし、セロリの筋取りも上手。みんなと違って黙々と作業をしていることも関係あるだろうが、なんだか調理自体に慣れているような感じだ。あっという間に野菜のカットを終えてしまった。

そして、包丁をまな板に置くと、ハストさんは話を始めた。

「北の騎士団は食事が当番制なのです」

「あ、そうなんですね」

「はい。ここのように専任の料理人がいるわけではありません。近くの村の女性たちを雇い、洗濯などは頼んでいますが、彼女たちは家族のものを作る必要があるので、食事を頼むことはできないのです」

「なるほど」

そういえば、ハストさんは北の騎士団はここことは違うと言っていた。魔獣を相手にするところだから、由緒正しい騎士には厭《いと》われている、と。

だから、そういうところもここことは違うことがたくさんあるのだろう。

「じゃあ、私もお手伝いできるかもしれませんね」

水色の目を見上げて、にんまりと笑った。

「ここは専任の料理人がいらっしゃるから、そこに入るのは迷惑だし、失礼かな、と思ってあんまり行けなかったんですよね。でも、当番制なら、私が厨房《ちゆうぼう》に入っても大丈夫かもしれません」

そう。ここではただ部屋にいるか、ハーブの世話をするぐらいしかできなかった。

でも、北の騎士団では違うかもしれない。

魔獣のいる森に近づくのだから、危険なことはいっぱいあるだろう。でも、その場所を想像するとなんだかわくわくしてきて……。

「……楽しいことがいっぱいあるといいな」

小さく呟く。すると、腰の辺りがぎゅうっと締めつけられて――

「シーナさん。僕が守るから！」

驚いて目線を下げれば、そこにあるのは若葉色の輝く目。

レリィ君は離さない、というようにぎゅうぎゅうと私に抱きついてくる。

「レリィ君、ちょっと待って……ほら、おなかの中に野菜を入れないと……」

うっと息を詰めながらも、なんとか手を動かし、レリィ君に見本を見せる。

ほら、こうやってね、丸鶏のおなかにね、一口大に切った野菜を入れてね。きのこも入れてね。

にんにくと採ってきてたローズマリーとタイムも入れて……。

「ん……でも、今は無理だよ」

必死に。それはもう必死に手を動かす私に、レリィ君は無情にもうっとりと笑った。

「僕のおなかの中はシーナさんでいっぱいで、動くとこぼれちゃうから」

語弊。語弊オブ語弊。

いっぱいになるのは胸で、気持ちは動いたからといってこぼれたりはしない。決して。

助けて……私の心のやわらかいところが……。

「……ハストさぁん」

そう思って、水色の目を縋《すが》るように見上げる。すると、その水色の目には熱があって……。

「私も。必ずあなたを守ります」

まっすぐな水色の目。じっと私を見つめる熱いその色。

……いま、守って。語弊から守って……。

「おい！　イサライ・シーナ！　次は？」

目からハイライトの消えた私に、次の作業の指示を要求するアッシュさん。

なので、とりあえず無になって続きを見せていく。

「あとは野菜が出てこないように、木の串《くし》で穴をじぐざぐと縫ってください。こんな感じです」

そうして作業を指示すれば、みんな一様に木の串を持ち、丸鶏の穴に木の串を刺していく。

この木の串はハストさんがスキルで作ってくれたもので、とても使いやすい。先が鋭く研がれているから、簡単にお肉に刺さるのだ。

「これで下ごしらえは終わりです」

そう。下ごしらえはたったこれだけ。基本的には塩で味をつけて、野菜を詰めただけだ。

でも、地鶏のうま味と野菜の甘味、それを炭火で焼けば、絶対に最高においしいから！

そう！　今日は丸鶏をそのまま野外で焼く、地鶏パーティー！

「下ごしらえができたら鍋にお願いします。鍋は重いので気を付けてくださいね」

できた丸鶏を、用意していた黒く光る鋳物の鍋に入れていく。

これも料理長が貸してくれた。ちょうど丸鶏が一羽ずつ入るサイズで、しっかりと手入れされたそれはダッチオーブンと呼ばれるものだ。それを七つも貸してもらった。本当にありがたい。

そして、その鍋を見るとにやにやと口元が緩んでしまって……。

「ああ……黒くてかっこいい……」

うん。この鍋、すごくかっこいい。消えたハイライトが戻ってくる。

ダッチオーブンはきちんと手入れをしないと錆《さ》びやすいから、なかなか手軽に使い続けられるものではない。

でも、その分、育てていく喜びがあり、愛着を持てる鍋でもある。

料理長から貸してもらったのは、いわゆるブラックポット。黒く輝いたそれは長年に亘《わた》り愛情を持って使われてきた証。

今回はそれを使わせてもらっているので、大切に扱わなければならない。そして、なによりも、この鍋を使えば、おいしくなるに決まっている。そんなの、にやにやするに決まっている。

「草だけじゃなく鉄も好きなのか？」

そんな私に正面から声をかけてくるアッシュさん。

いや、草が好きなのはアッシュさんでしょ。

「あ、火の用意大丈夫でした？」

そういえば、と声をかけると、アッシュさんはふふんと胸を張った。

「ああ。どこかの犬が大量に王宮の木を切り倒して魔獣に刺したせいで、木材があふれていたからな。それを組んでこれから燃やすところだ」

「僕が火をつけるから、見ててねシーナさん」

「うん」

胸の辺りで聞こえる明るい声にとりあえず頷いて返す。その足元に怨嗟《えんさ》の表情で私を見つめる深い碧《みどり》色の目があった気がするが、たぶんまぼろし。

「それじゃあ、鍋に入れたらあとは焼くだけなので、ここを少し片付けてから、火をお願いします」

そうしてみんなの作業が終わり、片付けも済めば、ついに着火！

私としてはちょっとしたたき火を囲んで鶏を焼きながら、ゆっくりと語らう……みたいなパーティーを想像していたんだけど、目の前にあるのはやぐらだった。

うん。やぐら。木材を組み合わせ、二階建ての詰所より高いやぐらが組まれている。

そこにレリィ君が張りきって青い火を向ければ、たき火というか火の祭り。ほぼ火事。

これはどうするんだろう……と遠い目になったが、レリィ君が火力を調整して、すぐに燃やし尽くしてくれた。残ったのはとってもいい感じの炭火。いわゆる熾火《おきび》になっている。

真っ白な表面だけど、内部はしっかりと赤い。煙もほとんど出ておらず、調理には最適だ。

「シーナさん、できたよ」

誇らしげなレリィ君。

うん。火を囲んでの緩やかな語らいはなくなってしまったが、そのスキルはやっぱりすごい。

そんなわけで、さっそく、鍋を炭火の上に置いていく。

七つ全部置いた後、鍋の蓋《ふた》の上にも炭火を載せる。こうして上からと下からで焼いていけるのがダッチオーブンのいいところ！

焼き時間は一時間半ぐらい。みんなでわいわいと話していれば、その時間はあっという間だった。

両手にミトンをはめ、焼き上がったダッチオーブンを大きなテーブルに移動する。

そして、蓋の取っ手に手をかけた。

「よし！　イサライ・シーナ！　開けてみろ！」

「はい」

アッシュさんに言われて、一つのダッチオーブンを開ける。すると蓋を開けた瞬間、鶏の焼けたいい匂いと食欲をそそるハーブの匂いがあふれてきて……。

「……おいしそう」

表面の皮にはしっかり焦げ目がつき、その身はつやっと光っている。おなかに入れた野菜や、きのこにも火は通っていそうだ。うん！　完成！

——地鶏のローストチキン！

「できあがり！」

私が声を上げれば、つられるようにみんなも声を上げる。

「すごい！　とってもおいしそうだね！」

「はは！　焼いただけなのにこんなにうまくできるのか！」

「では、イサライ様、取り分けます」

おいしそうなチキンに目を奪われていると、ハストさんが器用にサーバー用のナイフとフォークを使って、鍋《なべ》からチキンを取り出す。そして、手際よく解体してくれる。

なんでも、こちらではこういうのの取り分けは男性の仕事らしい。アッシュさんやＫ　Ｂｉｈｅ

iブラザーズのみんなもそれぞれお皿に取り出して、上手に解体していた。

「イサライ様、こちらを」

そう言ってハストさんが差し出してくれたのは、チキンの一番いい場所。骨付きのもも肉だ。野菜やきのこもバランスよく載っていて、とってもおいしそう。

それを受け取り、テーブルと一緒に持ち出していた椅子に座る。そして、みんなにチキンが行き渡るのを待ってから、一緒に食べ始めた。

ナイフやフォークも用意されていたけれど、私はもも肉を手で持って、がぶっとかじった。その途端に広がるうま味の詰まった肉汁。やっぱり地鶏だから、肉はしっかりと噛《か》みごたえがある。でも、それは固いというのとはまた違って……。

「……うまい」

隣で聞こえるいつもの声。そして、今日はさらにたくさんの声も上がる。

「シーナさん！　とってもおいしいよ！」

「なんだこの鶏は！　すごく味がいいな！」

みんなのびっくりしている顔がたまらなくうれしい。

「やっぱり地鶏は最高ですね」

だから、そんなみんなににんまり笑って返す。

しっかりと締まったお肉に味の濃い皮。染み出る肉汁はおいしいのひとこと！

一緒に焼いた野菜ときのこもとってもおいしい。それぞれの風味に鶏のうま味が加わって最高！

そうして、みんなで食べながら、気になっていたことを最後に。

「あ、スラスターさん、聖女様のこと、お願いしますね」

レリィ君の隣に座る人物に声をかける。さっきまではずっと地面にいたが、ようやく椅子に座ったのだ。

そんな私の言葉にスラスターさんはとくに感情を感じさせず、さらっと答えを返した。

「聖女様。シズク様のことですか」

「しずくっていうんですね」

初めて知った。どうやら女子高生の名前は『しずく』と言うらしい。かわいい雰囲気でとても似合っていると思う。

「私が王宮にいたからといってなにかできたわけではないし、これからもできるわけでもないんですけど、北の騎士団に行ってしまえば本当に会うことはできないと思うので」

そう。これからはこっそり窺《うかが》うこともできないから。

「……向こうはあなたを忘れているかもしれないのに。お優しいことですね」

そんな私の言葉にスラスターさんは冷たく言葉を返す。すると、レリィ君がスラスターさんをじっと見つめた。

「兄さん」

「ああ！　レリィ！　どうした？　もっとチキンを細かくしようか？」

スラスターさんの兄らしい気遣い。でもレリィ君はゴミを見る目でぺっと吐き捨てた。

「シーナさんがお願いって言ったんだから、はいって答えればいいんだよ」

「はい。聖女様のことはお任せください」

今日も二秒ですべてが解決。

兄弟とは。兄弟愛とは。

でも、これでひとまずは安心だ。

「北の騎士団、とっても楽しみです」

兄弟のやりとりを聞きながら、隣をそっと見上げる。

そこには優しい水色の目があって……。

「はい。私もイサライ様がいることがうれしいです」

＊＊＊

「シズク様。どこに向かう予定ですか?」

部屋の中にいても退屈だから、どこかへ行こうかと席を立ち、廊下へと続く扉に向かう。すると、一緒にお茶を飲んでいた、青い髪に碧《みどり》色の目。眼鏡《めがね》をかけた男性が私の後ろをついてきた。

……正直、この人は苦手だ。

最初の頃は妙に優しくて、いつもいつも耳触りのいいことばかりを言っていた人。

けれど、少し前から、私の前にあまり顔を出さなくなった。

でも、それでよかった。べつに困らない。いなくたっていい。

なのに、一週間ほど前からまた顔を出すようになったのだ。理由なんて知らない。

「……裏庭です」

本当は行き先なんて決めてないけれど、とりあえず答えて、廊下を歩いていく。すると、たくさんの人が私の周りにやってきて、一緒に動くことになる。

そうして、裏庭へと着けば、そこはいつもと変わりがない。

魔獣が来た、といって大きな鳥を見たときはびっくりしたけど、避難していれば、とくになになかった。だから、私の日常はなにも変わらないまま、こうして庭を見て、過ごすだけ。

でも、部屋にいるよりはいいから、目の前で咲いている赤い花をぼんやりと見る。すると、そのとき、ふっと目の前を何かが横切っていった。

それは茶色い体をしたバスケットボールぐらいの大きさのもので……。

「……にわとり？」

そう。そこにいたのはにわとり。茶色い羽のにわとりがコッコッと言いながら、歩いていた。

「なんでこんなところに……」

今まで、王宮でにわとりなんて見たことがない。

だから驚いて、言葉をこぼせば、後ろにいた眼鏡の人がどこかうれしそうに声をかけてきた。

「あれはジドリというものらしいです」

「……じどり？」

それはもしかして『地鶏』だろうか。でも、そんなものがこの世界にいるわけはない。

だって、ここは日本じゃない。私のいた世界じゃない。

「ええ。……シズク様。シズク様は一緒に召喚された女性がいたのをご存知ですか？」

「知っています。でも、私とは違うところにいるから会えない、と。そう聞きました」

「これは、その女性が作り出したものです」

「……その女性が？」

「はい。その女性はすでにスキルも使えています。少し前まではこちらにいらっしゃいました」

「……そんな。じゃあ、今まではここにいたということですか？」

知らなかった。だって、会えないって。そう聞いていたから。

「どこに……どこにいるんですか？」

眼鏡の男性のほうを振り返り、じっとその目を見つめる。

すると、眼鏡の男性は薄く笑って言った。

「彼女は今、北の騎士団にいますよ」

おかわり　ローストチキンのポテトクリームシチュー

みんなでローストチキンをおなかいっぱい食べた後、少しだけそれが残った。

集まったのはまがりなりにも騎士だから、みんなとてもきれいに取り分けて食べてくれていた。だから、残ったチキンと野菜も残り物というよりは、一人分残しておきました、というような感じだった。

そして、それを見たハストさんが自分が食べる、と言ってくれたのだけど、実はこれで作りたいものがある。

なので、それをハストさんに伝えると、ハストさんも食べてみたい、と言ってくれたのだ。

そんなわけで、みんなと解散した後、部屋に戻り、台所へと移動した。

使う材料は、あまったローストチキンの胸肉の部分と、にんじん、たまねぎ、セロリなどの野菜にきのこ。

それにプラスして、ポイント交換でじゃがいもと牛乳。おたまと新しい調理器具も増やした。

「よし。まずはじゃがいもから」

包丁でじゃがいもの皮を剝《む》き、芽の部分も取り除き、ボウルにためた水へと入れる。

じゃがいもは皮を剝いた後、そのままにしておくと変色してしまうからだ。

次にローストチキンの胸肉の部分を一口サイズぐらいに裂いていく。食べごたえも意識して心持ち大き目に。

胸肉はうま味があるけれど、油分が少なくてパサつきがちな部位だ。

今回はダッチオーブンで焼いたのでジューシーさは損なわれておらず、冷めてしまったその身もしっかりとした感触はあるけれど、すっと裂けていった。

そして、胸肉を裂き終われば、これで下ごしらえは終わり。

「まずは片手鍋を温めて、そこにバター」

電熱器に載せた片手鍋がゆっくりと温まるのを待ちながら、そこにバターを入れる。じゅじゅぅと溶ける音を聞きながら、さらに胸肉と野菜、きのこも加えた。

バターの匂いとそれぞれの食材の持つ香りが温められたことでふわっと強くなる。

すでにすべての材料に火は通っているため、ここではバターを絡ませるのが目的だ。すべての具材にバターが回ったところで、牛乳を投入する。

「あとは温めるだけ」

本当に簡単。でもたったこれだけでローストチキンが違う料理に変わってしまう。

白い牛乳に少しだけ浮かぶバターの黄色。そして、それがぐつぐつと沸き始めたら、水にさらしておいたじゃがいもと新しい調理器具の出番だ。

「ここで、おろし金！」

そう！　私が新しく手に入れた料理器具はおろし金！

おろし金にはたくさんの種類があって、できあがる食感もさまざまだ。

最近ではおろし金に専用の受け皿がついているものも多く、ふわふわな大根おろしが力を入れずに作ることもできるようになった。

私が今回手に入れたのはオールステンレスで長方形。しっかり持ち手がついているタイプ。受け皿はついていないけど、ボウルなどにひっかけられるような形状になっているやつだ。

新しく手に入れたおろし金の輝く銀色ににやにやしながら、鍋《なべ》の火を切る。

そして、鍋の上におろし金をかまえ、じゃがいもをすりおろしていく。

すると、白いさらさらのスープにじゃがいもがゆっくりと溶けていって……。

まるまる一つ、すべてすりおろした後、もう一度火をつけた。

「うん……とろとろだ」

鍋を混ぜていた手に少しずつ抵抗が増えてくる。

これはじゃがいものでんぷんが温められ、とろみをつけてくれているからだ。

片栗粉なんかを入れるのと変わらないのだけど、こうしてじゃがいもを直接すりおろすと、その優しい甘さととろみが引き立つ。

そうして、もう一度煮立てば、そこにはほわほわと湯気が漂って……。

あつあつのそれを、台所が出してくれた二つのスープカップにそれぞれ盛る。取っ手がついたそれはころんとした形でかわいい。そして、仕上げにごりごりと黒こしょうをかければ完成！

とろみのある白いスープ。そして、にんじんの赤やセロリのグリーンが映えている。

――ローストチキンのポテトクリームシチュー！

「『できあがり』」

部屋に戻れば、そこにはいつも通りにハストさんが立って待っていてくれている。

だから、両手に持ったスープカップを見せながらにんまりと笑えば、ハストさんの水色の目がきらきらと光った。

「とてもおいしそうです」

「とってもおいしいですよ」

その目に心が弾むのを感じながら、二人でソファに横並びに座る。

左手にスープカップ。右手にスプーン。そして、どうぞ、と勧めると、ハストさんは宝物みたいにスープを掬《すく》って、ゆっくりと口に入れた。

「……うまい」

――いつもの。おいしいのしるし。

「ローストチキンもとてもおいしかった。それをこうしてスープにしたのであれば、その味は薄まるのだろうと思っていました。または味を足して、全体的に濃い味になるのだろう、と」

ハストさんがその秘密を探るかのように、じっとシチューを観察している。

「でも、違うのですね。まずはバターの香りに優しいミルクの香りが重なって。……これはとても優しい味がします。ローストチキンのうま味、その香り、そして野菜の甘味はそのままに、ミルクのスープがそれを包み込んでいる」

さっき、みんなの前で食べていたときはあまり感想を言わなかったけれど、こうして二人になればいつも通りにたくさんの言葉を尽くしてくれる。

こんな味だった、ここがいい、それをいつもいつも教えてくれる。

「このとろみもおいしいです。ただのさらさらのスープではないから、具材によく絡んで、このスープだけでもずっと食べていられます」

その言葉がうれしくて……。いつもハストさんと一緒に食べるのが楽しくて……。

だから、私はスープカップをティーテーブルの上に置いて、まっすぐにハストさんを見た。

「……ずっと、ハストさんにお礼がしたかったんです」

そう。伝えたい言葉があった。

「私にとって、ハストさんがこのミルクのスープです」

……スープにたとえるなんて変だけど。

あまりもののローストチキンで作ったシチューだなんて、失礼かもしれないけど。

でも、このあつあつのシチューがハストさんみたいだなって思うから。

「いつも私を優しく包んでくれた。あったかくて、とっても素敵です」

――ありがとう。

小さく呟《つぶや》けば、なんだかちょっと気恥ずかしくて顔が熱い。

そんな私にハストさんはごほごほっとむせてしまって……。

「わっ、大丈夫ですか」

「……はい。申し訳ありません。……とてもうれしくて」

ハストさんは口元を手で覆うと、自分を落ち着かせるように一度目を閉じる。

私はそんなハストさんの背中を落ち着くようにとんとんと叩《たた》きながら、話を続けた。

「本当はもっとお礼がしたいんです。でも、私がハストさんにできることってなんだろうって考えたら、なかなか浮かばなくて……」

そう。すごく強いハストさんになにをしていいかわからない。

だから、考えた結果、こうして、ごはんを作るぐらいしかできないんだけれど……。

すると、私の話を聞いていたハストさんは手に持っていたスープカップとスプーンをティーテーブルに置いた。そして、背中にあった私の手をそっと取って……。

「それならば……」

水色の目がこちらを見る。

「名前を呼ぶ許しが欲しい」

「名前、ですか？」

思ってもみなかった発言。なんで私の名前を呼ぶことがお礼になるのか、さっぱりわからない。

そしてなによりも、その水色の目が熱い気がする。まずい気がする。

どうしていいかわからず、目がそわそわと動く。

すると、ハストさんは私の手にきゅっと力を入れた。

「……シーナ、と」

低い声。いつもは落ち着いたその声は少しだけ掠《かす》れていて……。

「あなたの名前を呼びたい」

「ひぃっ」

来た……！　色気が……！　ひぃ……！

その色気をやり過ごすために急いで目を閉じる。

そう！　私はしっている！　目を閉じれば凍らない！　知ってる！

だから、ぎゅうっと目を閉じながら、何度も首をこくこくと縦に振った。

名前を呼んでいい。呼んでいいから、その色気のある笑みを引っ込めて欲しい。

そんな私の様子になにを考えたのか、珍しくハストさんは喉《のど》の奥で笑うような声を出して……。

そして、なぜかハストさんは私に身を寄せて、耳元でそっと囁《ささや》いた。

「……シーナ」

その声は低く掠れ、どこか艶《つや》っぽい。

そして、耳元で少しの吐息とともに発されたそれに、私の体はピキピキピキッと固まって……。


――しっているか　シロクマは　こえでも　こおらせる

あとがき

本作を手に取っていただき、ありがとうございます。しっぽタヌキと申します。

この作品は「小説家になろう」という小説投稿サイトに投稿し、現在も連載をしているものになります。たくさんの方にあたたかいお言葉をいただき、こうして、一冊の本にすることができました。私にとっては二作目の書籍化作品になります。

今回はウェブ掲載作に書き下ろし短編を加え、ウェブをもうちょっと深く。そして、もっとにやにやしちゃう！　というものを目指しました。ウェブを応援してくださった方はもちろん、書籍から見ていただいた方にもあははっと笑って、読み終わった後に、『明日もがんばろ』と、心がほわっとあたたかくなるものであればいいな、と思います。

そして、この作品に出てくる料理は私が実際に作っています。料理のおいしさはもちろん、作る過程においての楽しさやキッチングッズを集めるうれしさも書きたい。それを書くには自分で作るのが、一番わかりやすく書けるのではないか、と。作った料理は「小説家になろう」のサイト内などで写真を投稿しております。もし、そちらに興味がある方や、書籍から知り連載の続きが読みたいよ！　という方がいらっしゃれば、ウェブでも「しっぽタヌキ」の名で活動しておりますので、検索していただければ幸いです。

さらに、この作品はコミカライズもしております。なんと紫藤《しどう》むらさき先生にコミカライズも担当していただけるという幸せあふれる仕様です。シーナのころころと変わる表情も、ハストの吹雪や色気、レリィの弟力。そして、アッシュの高笑いもとっても素敵に描かれておりますので、ぜひそちらもご覧になってみてください。

ここからは、あとがきを三ページもいただいてしまったため、この作品についてのちょっとした裏話も書いてみようと思います。


その一。思ったよりもハストがシーナと触れ合いたがる。

【時間】ごはんを食べた後など。【状況】油断するとシーナを惑わそうとする。【結果】作者の書く手が止まる。【対応】待ってほしい。シロクマさん。ステイよ。

その二。思ったよりもレリィがシーナに語弊を言う。

【時間】シーナがぼんやりとしているときなど。【状況】油断するとシーナの心を削る。【結果】作者の書く手が止まる。【対応】待ってほしい。おとうと。ステイよ。

その三。思ったよりもアッシュがシーナを構いたがる。

【時間】シーナが歩いているときなど。【状況】どの場面にも現れ、高笑いをする。【結果】なにも起こらない。作者の書く手に影響なし。【対応】安心安全。もっと構っても大丈夫。ゴーよ。

まとめ。おいしいごはんは世界を救う。

そして、謝辞を。

この作品を一冊の本にするために、たくさんの方にお力添えをいただきました。まずは編集様。いつも「ここが楽しい」、「ここが好き」とこの作品のおもしろいところをいっぱい探してくれました。打ち合わせですぐにふざける私に付き合って、一緒に笑ってくれました。たくさんの幸せをもらって、この作品を通して関われたこと、本当に光栄に思います。

そして、素晴らしいイラストを描いてくれた紫藤むらさき先生。イラストがどれもこれもかわいくて、かっこよくて、本当に大好きです。コミカライズにて、もっともっと素敵な「スキル『台所召喚』はすごい！」が読めること。とってもうれしいです。

そして、この作品に関わってくださった方、すべてに。本当にありがとうございます。この本がたくさんの方の力でこうして形になったこと、すごいことだと思います。

最後になりますが、なによりもこうして本を手に取ってくださったあなたに。明日もたくさんのいいことがありますように。できるなら、一人で泣く夜がありませんように。もし、そんな日が来たとき。真っ暗な夜にほのかに光る、たくさんある星の一つになれますように。一緒に生きている今に感謝を。がんばっているあなたに敬意を。

またどこかで、会えたらいいいな。

カドカワBOOKS

スキル『台所召喚《だいどころしょうかん》』はすごい！
〜異世界《いせかい》でごはん作《つく》ってポイントためます〜

2018年9月10日　初版発行

著者／しっぽタヌキ

発行者／三坂泰二

発行／株式会社KADOKAWA

〒102-8177
東京都千代田区富士見2-13-3
電話／0570-002-301（ナビダイヤル）

編集／角川ビーンズ文庫編集部

印刷所／旭印刷

製本所／本間製本

KADOKAWA　カスタマーサポート
［電話］0570-002-301（土日祝日を除く11時〜17時）
［WEB］https://www.kadokawa.co.jp/（「お問い合わせ」へお進みください）
※製造不良品につきましては上記窓口にて承ります。
※記述・収録内容を超えるご質問にはお答えできない場合があります。
※サポートは日本国内に限らせていただきます。

ISBN 978-4-04-107370-4 C0093

新文芸宣言

かつて「知」と「美」は特権階級の所有物でした。

15世紀、グーテンベルクが発明した活版印刷技術は、特権階級から「知」と「美」を解放し、ルネサンスや宗教改革を導きました。市民革命や産業革命も、大衆に「知」と「美」が広まらなければ起こりえませんでした。人間は、本を読むことにより、自由と平等を獲得していったのです。

21世紀、インターネット技術により、第二の「知」と「美」の解放が起こりました。一部の選ばれた才能を持つ者だけが文章や絵、映像を発表できる時代は終わり、誰もがネット上で自己表現を出来る時代がやってきました。

UGC（ユーザージェネレイテッドコンテンツ）の波は、今世界を席巻しています。UGCから生まれた小説は、一般大衆からの批評を取り込みながら内容を充実させて行きます。受け手と送り手の情報の交換によって、UGCは量的な評価を獲得し、爆発的にその数を増やしているのです。

こうしたUGCから生まれた小説群を、私たちは「新文芸」と名付けました。

新文芸は、インターネットによる新しい「知」と「美」の形です。

2015年10月10日
井上伸一郎

アルバート家の令嬢は没落をご所望です
著 さき
イラスト／双葉はづき
気がつけば乙女ゲームの悪役令嬢!?
大人気のWEB小説、書籍化！
コミカライズ連載中！
ビーズログ・コミック＆フロースコミック
文庫判
1〜4巻
好評
発売中!!
大貴族の令嬢メアリは思い出す。ここが前世でプレイしていた乙女ゲームの世界で、自分は主人公の恋を邪魔する悪役令嬢だということを……
だったら目指せ没落！ とはりきるけれど、なぜか主人公になつかれて!?

角川ビーンズ文庫